残雪 著

黄泥街

湖南文艺出版社

图书在版编目（CIP）数据

黄泥街 / 残雪著. — 长沙：湖南文艺出版社，
2021.3（2023.11重印）
（残雪作品典藏版）
ISBN 978-7-5404-9550-3

Ⅰ. ①黄… Ⅱ. ①残… Ⅲ. ①长篇小说－中国－当代
Ⅳ. ①I247.5

中国版本图书馆CIP数据核字(2020)第267932号

黄泥街
HUANGNI JIE

残雪 著

出 版 人：陈新文
责任编辑：陈小真
特约编辑：王　琦　张潇格
营销编辑：沈世悦
责任校对：徐　晶
装帧设计：弘毅麦田
湖南文艺出版社出版、发行
（湖南省长沙市东二环一段508号　　邮编：410014）
网址：www.hnwy.net
湖南省新华书店经销
湖南省众鑫印务有限公司

版次：2021年3月第1版
印次：2023年11月第6次印刷
开本：889 mm×1194 mm　1/32
印张：7
字数：130千字
书号：ISBN 978-7-5404-9550-3
定价：42.00元

本社邮购电话：0731-85983015
若有印装质量问题，请直接与本社出版科联系调换

目 录

那城边上有一条黄泥街，我记得非常真切。但是他们都说没有这么一条街。

我去找，穿过黄色的尘埃，穿过被尘埃蒙着的人影，我去找黄泥街。

我逢人就问："这是不是黄泥街？"所有的人都向我瞪着死鱼的眼珠，没人回答我的问题。

我的影子在火热的柏油路上茫然地移动，太阳把我的眼眶内晒得焦干，眼珠像玻璃珠似的在眼眶里滞住了。我的眼珠大概也成了死鱼的眼珠，我还在费力地辨认着。

我来到一条街，房子全塌了，街边躺着一些乞丐。我记起那破败的门框上从前有一个蛛网。但老乞丐说："红蜘蛛？今年是哪一年啦？"一只像金龟子那么大的绿头苍蝇从他头发里掉下来。

黑色的烟灰像倒垃圾似的从天上倒下来，那灰咸津津的，有点像磺胺药片的味道。一个小孩迎面跑来，一边挖出鼻子里的灰土一边告诉我："死了两个癌症病人，在那边。"

　　我跟着他走去，看见了铁门，铁门已经朽坏，一排乌鸦站在那尖尖的铁刺上，刺鼻的死尸臭味弥漫在空中。

　　乞丐们已经睡去，在梦中哑巴着舔那咸津津的烟灰。

　　有一个梦，那梦是一条青蛇，温柔而冰凉地从我肩头挂下来。

第
一
章

关于黄泥街和 S 机械厂

黄泥街是一条狭长的街。街的两边东倒西歪地拥挤着各式各样的矮屋子：土砖墙的和木板墙的，茅屋顶的和瓦屋顶的，三扇窗的和两扇窗的，门朝街的和不朝街的，有台阶的和无台阶的，带院子的和不带院子的，等等。每座屋子都有独自的名字，如"肖家酒铺""罗家香铺""邓家大茶馆""王家小面馆"等等。从名字看去，这黄泥街人或许从前发过迹。但是现在，屋子里的人们的记忆大概也和屋子本身一样，是颓败了，朽烂了，以至于谁也记不起从前的飞黄腾达了。

　　黄泥街上脏兮兮的，因为天上老是落下墨黑的灰屑来。也不知是从哪里来的灰，一年四季，好像时时刻刻总在落，连雨落下来都是黑的。那些矮屋就像从土里长出来的一样，从上到下蒙着泥灰，窗子也看不大分明。因为落灰，路人经过都要找东西遮挡着。因为落灰，黄泥街人大半是烂红眼，大半一年四季总咳着嗽。

黄泥街人从未注意过天色有蔚蓝色、青色、银灰色、火红色之类的区别，因为他们头顶的那一小片天老是同一种色，即灰中带一点黄，像那种年深月久的风帆的颜色。

　　黄泥街人从未看到过日出的庄严壮观，也未看到过日落的雄伟气势，在他们昏暗的小眼睛里，太阳总是小小的、黄黄的一个球，上来了又下去了，从来也没什么异样。他们只说："今日有太阳。""今日没太阳。""今日太阳好得很。""今日太阳不怎么好。"而到了盛夏，当屋外烧着烈焰，屋内变成蒸笼时，他们便气哼哼地从牙缝里嘟哝着："把人晒出蛆来啦。"

　　黄泥街爱卖烂果子。也不知怎么回事，果子一上市就老是烂的：烂苹果、烂梨子、烂橘子、烂桃子、烂广柑、烂葡萄等，有什么卖什么。街上终年飘着烂果子诱人的甜香味儿，使路人垂涎三尺。但黄泥街人一般吃不起水果，虽是烂的也吃不起，家里小孩嚷着要吃，便吓他："烂果子吃了要得癌症的！"尽管怕得癌症，有时又买几个饱饱口福。

　　黄泥街上人家多，垃圾也多。先前是都往河里倒，因为河水流得快，一倒进去就流走了，干干净净。后来有一天落大雨，有一个老婆子乘人不注意，将一撮箕煤灰倒在饮食店门口了，边倒还边说："煤灰不要紧的。"这一创举马上为人所发现，接下去就有第二、第三、第四个也来干同样的勾当。都是乘人不注意，但也都为人所发现。垃圾越堆越高，很快成了一座小山。先是倒纯煤灰，后来就倒烂菜叶、烂鞋子、烂瓶子、小孩的大便等。一到落雨，乌黑的臭水横贯马路，流到某人门口，那人便破口大骂起来："原来把我家在当垃圾桶用呀，真是杀人不见血！好得很，明天就打报告去市里控告！"但是哪里有空呀，每天都忙得不得了。忙来忙去的，过一向也就忘了打报告的事。一直到第二次落雨，才又记起控告的事，那第二次当然也没去控告，因为又为别的事耽误了。

黄泥街人胆子都极小，并且都喜欢做噩梦，又每天都要到别人家里去诉说，做了什么梦呀，害怕的程度呀，夜里有什么响动呀，梦里有什么兆头呀，直讲得脸色惨白，眼珠暴出来。据说有一个人做了一个噩梦，一连讲了四五天，最后一次讲着讲着，忽然就直挺挺地倒下，断了气。医生一解剖，才知道胆已经破了。"心里有事千万别闷着！"婆子们竖起一个指头警告说，"多讲讲就好了。"

黄泥街人都喜爱安"机关"，说是防贼。每每地，那"机关"总伤着了自己。例如齐婆，就总在门框上吊一大壶滚烫的开水。一开门，开水冲她倒下来，至今她脚上还留下一个大疤。

黄泥街的动物爱发疯。猫也好，狗也好，总是养着养着就疯了，乱窜乱跳，逢人就咬。所以每当疯了一只猫或一只狗，就家家关门闭户，街也不敢上。但那畜生总是从意想不到的地方冲出来，行凶作恶。有一回，一只疯狗一口咬死了两个人，因为那两个人并排站着，腿挨在一起。

黄泥街人都喜欢穿得厚实，有时夏天了还穿棉袄，说是单衣"轻飘飘的"，心里"总不踏实"，要"沤一沤，省得生下什么病"。即算得了病，只要一沤，也就好了。有一年夏天，一个老头儿忽然觉得背上痒得不得了，脱下棉衣来查看，见棉花里面已经沤出了好多虫子，一条一条直往外爬。后来那老头儿果然活了八十多岁。每次小孩热不过要脱棉衣，大人就骂他："找死！活得不耐烦了！"

黄泥街人很少进城，有的根本不进。据说原先没有城，只有这一条黄泥街，所以大部分黄泥街人都是街生街长的，与城里没关系。比如说胡三老头吧，就一辈子没进过城。每当有人向他提起这个问题，他便蒙眬着棕黄色的老眼，擦着眼屎做梦似的说："从前天上总是落些好东西下来，连阴沟里都流着大块的好肥肉。要吃么，去捡就是。家家养着大蟑螂，像人一样坐在桌边吃饭……你干吗问我？你对造反派的前途如何看？"

黄泥街的市民老在睡，不知睡了好多个年头了。日出老高了打开门，揉开惺忪的小眼睛，用力地、吓人地把嘴张得老大，"啊呀"一声打出个大哈欠。如有熟人门前经过，就蒙蒙眬眬地打招呼："早得很啊，这天，早！好睡……"说梦话一般。一边吃早饭，一边还在睡，脑袋一沉一沉，有滋有味。看线装古书，看着看着，眼皮就下沉，书就掉，索性不看，光打呼噜。上茅坑屙屎也打个盹，盹打完屎也屙完。站队买包子，站着站着，就往前面的人身上一倒，吓一跳，连忙直起。泼妇骂街，骂着骂着，压压抑抑冒出个哈欠来，一个之后，又有两个，三个，还是骂，一骂一顿脚，一打哈欠。怎么不瞌睡？春光宜人呀，秋高气爽呀，夏天夜短呀，冬天不便做事呀，一季有一季瞌睡的理由。或者就干脆一直睡到中午，省下一顿饭，少吃的理由是消耗得少。从街头到街尾，小屋里，马路上，男女老少都在磕磕碰碰，东倒西歪，也不知怎么就混了一天，呃着嘴叹道："真快！"真的，太阳又从街口王四麻家那烂茅屋顶上落下去了，黄泥街的日子怎么过得这么快呀？一眨眼工夫！连好好想一想都来不及！好像才睡了一觉，却又过了一个季节。有什么办法，黄泥街又要睡了，家家关门闭户，一些人家还留着一盏昏黄的小电灯，一些人家只留着黑洞洞的窗户。而一到九点，所有的小电灯都要熄了。当整条街都闭上了最后一只小眼睛时，就仿佛整条街都从这城边上消失，找也找不到了。

黄泥街尽头，紧挨着居民的房子，立着 S 机械厂。

S 机械厂是黄泥街的独生子。

S 机械厂是唯一的在人们的心目中提高了黄泥街价值的东西。

厂里有五六百人，大都是黄泥街上的居民。

S 机械厂是生产什么东西的呀？"钢球。"人们回答。每隔半个月，就有几十箱黑乎乎的东西从这个厂子里运出去。这种钢球是用来干什么的？没人答得上。如果硬要追问，就会有人警惕地盯紧你左看右看，问："你是不是上头派来的？"如果还不走开，他们会继续说："你对合理化管理怎样看？老革命根据地的传统还要不要发扬？"直问得你满脑子惶惑，转背溜走了事。

谁也说不清 S 机械厂的厂史。

它立在黄泥街的尽头，它是从来就有的。

S 机械厂是从黄泥街生出来的，黄泥街上的市民讲起 S 来，总是讲：我们 S 是块好肥肉，鬼子们看着看着，就恨不能一口吞下去啦；我们 S 早就与上面有联系，我们这批人才都会要在黄泥街上小包车进，小包车出啦；我们 S 了不得，偌大的六栋车间何等威武，龙门刨的响声吓死过一个老婆婆啦；有人从城里面打洞，要挖空我们 S 的地基啦；等等。

其实那被锁在一张锈迹斑斑的铁门里头的 S，是一点看头也谈不上的。只有一栋办公楼是新建的，但也早已蒙上了黑灰，结满了蛛网。楼里面又总是有一股茅厕的臭腺气。六栋车间全是黑乎乎的，是以前的居民住房改的，窗子又矮又小，像一只只鬼眼。窗旁扯着一些麻绳，麻绳上晾着一串串灰穗子。每当机床嘶叫起来，震动了大气，灰穗就如柳絮杨花似的飘落。

厂门口有一口塘，人们叫它"清水塘"，其实水一点也不清，乌黑乌黑的，上面浮着一层机油，泛着一股恶臭。塘边堆满了废棉纱和铁屑，一直堆到塘底。谁也不曾看见鱼类在这死水中生存，就连孑孓也不在这死水中生存。塘里还总是浮着死猫和死鸟，也不知是哪里来的，谁也没看见这些东西掉进去。所以每当塘里浮上一只死猫和死鸟，S 的人们总要围观、议论，直议论得东张西望，害起怕来，这才壮胆似的大声说一句："这鬼天，怎么搞的！"然后借故赶快离开。

后门那里有几个土堆子，据说原先是花园，但现在没有了花，连树也没一棵，只有一堆长了绿苔的碎砖瓦砾，一些随风飞来飞去的废纸垃圾。偶尔也有几只麻雀在那里歇脚，但并不久留。到今天那土堆下面还看得出一个填满了泥巴的大坑，里面埋着一副骷髅。自从那骷髅不知出于什么原因埋到这里，人们就看见这些土堆间常常流动着一个大鬼火，绿莹莹的，异常亮，土堆子都被照得亮晃晃的，像一个人打了灯笼在那里转来转去。所以一到夜间，就没人敢从土堆边上经过。那刘铁锤和别人赌了五块钱，走到半路还是给吓回来了。

车间外面到处是一堆一堆的东西，那是人们随手扔在那里的，扔了也就忘了。一个报废的生铁机床床身，一个生了气孔的底座，一堆锈坏的钢球，几只缺了口的老虎钳，一堆生铁铁屑，一律长着厚而松脆的褐锈，有的有半截埋在地下，日晒雨淋，就与泥土混为了一体。人们也认为这些东西终将化为泥土，也就懒得去收拾了。

S机械厂曾经终日终夜地燃烧着吼着，吐出那些怪模怪样的钢球。黄泥街人倾听着这吼声昏头昏脑地度日，年深月久，渐渐地就把这吼声当作了自然界本有的音响。要是一觉睡醒，忽然听不见那闷闷的吼声，恐怕倒要大伤其脑筋了。

从前有一条黄泥街。

街上有一家S机械厂。

那里终年弥漫着灰尘。有纤细的小蓝花从灰尘里长出来，古怪而刺眼。

那里有一排排烂雨伞似的屋顶，成群的蝙蝠在夕阳的光线里飞来飞去。

哦，黄泥街，黄泥街，我有一些梦，一些那样亲切的、忧伤的、不连贯的梦啊！梦里总有同一张古怪的铁门，总有那个黄黄的、肮脏的小太阳。铁门上无缘无故地长着一排铁刺，小太阳永远在那灰蒙蒙的一角天空里挂着，射出金属般的死光。

哦，黄泥街，黄泥街，或许你只在我的梦里存在？或许你只是一个影，晃动着淡淡的悲哀？

哦！黄泥街，黄泥街……

第二章

改变生活态度的大事情

这条街上的人们都记得，在很久以前，来过一个叫作王子光的东西。为什么说他是一个"东西"呢？因为谁也不能确定王子光是不是一个人，毋宁说他是一道光，或一团磷火。这道光或磷火从那些墨绿色的屋檐边掉下来，照亮了黄泥街人那窄小灰暗的心田，使他们平白地生出了那些不着边际的遐想，使他们长时期地陷入苦恼与兴奋的交替之中，无法解脱。

　　六月二十一日凌晨齐婆去上厕所，第一次发现男厕那边晃动着一道神秘的光。据她自己说，当时那些灰白的星子一下就从茅屋顶上落下去了，屋瓦哗哗乱响，像有什么东西在上头跑过。她想抬起头来看，但脖子软绵绵的，她竟身不由己地在厕所边上坐了下来。然后她便进入了一种意境，在那种意境里，无数匹黑狗在撕咬，太阳紧贴着一蓬冬茅。她闭着眼，悠悠晃晃地想了一上午。当人们发现她的时候，她正把两只鞋脱下，用绳子穿好吊在耳朵上，围着厕所绕圈子。在同一个时候，一个叫作王四麻的有络腮胡子的男人在门口的苦楝树上挂了一个很大的粪桶，自己爬上树，坐进那粪桶里荡起秋千来。荡到中午，绳子终于磨断，粪桶砰的一声落到地上，他自己也摔断了一条腿。这一来他索性不起来，就在树下打起了鼾。鼾声如远方大炮隆隆，震得整条街居民心神不定，一串一串地打喷嚏。事后他说，他爬上树之前有一具无头尸体在敲他家的后门，他一听见那响声就认定好事情已经到来，所以才坐进那只粪桶。他在粪桶里面的时候，听见外面鞭炮声响成一片，看见头顶上硝烟滚滚。后来他在梦里吸吮一个很大很大的桃子，不知不觉地唤出那个玫瑰红色的名字："王子光？！"最初有关王子光的种种议论，也就是由此而来。那当然是一种极神秘、极晦涩，而又绝对抓不住，变幻万端的东西。也有人说那是一种影射，一种狂想，一种黏合剂，一面魔镜……老孙头则大言不惭地向人宣布："王子光的形象是我们黄泥街人的理想，从此生活大变样。"他说这话时顺手拍死了大腿上停留的一个蝇子。这个奸诈油滑的老头，的确是个有眼力的家伙，他一语便道出了真情。而真情往往是裹在浓厚的云雾中的一颗暗淡的小星，一般人是觉察不到的。只有那种老于世故，而又永远保持着天真纯洁的人，才会在冥冥之中"悟出"它。老孙头便属于这么一种人。他是一个无家可归的人。如果在半夜，黄泥街人从窗口探出头来看，就可以看到酒店门口的那棵枯树上吊着一个黑乎乎的大家伙，像一只猿猴，那便是老孙头。老孙头从来不睡死，但老孙头也从来不完全清醒。他在Ｓ厂守传达，从未出过差错，却每天都将疯狗放进厂内来，疯狗一咬一叫，他就鼓着掌在厂内兜圈子，吹口哨，逗引激怒那些狗们。奇怪的是狗并不咬他。要是两三天没有狗来，他就赶好远去找，再没有，他便病倒了，蜡黄着脸，恹恹的，头上包一块湿毛巾打瞌睡，说："头疼，倒不如死了的好。"自从黄泥街出现王子光的阴魂以来，这老头忽然脱掉身上那件污迹斑斑的烂棉袄，打起赤膊来，并且顿时就变得双目生光，精神抖擞，仪表堂堂了。他从什么地方搞来一支气枪，整日不断地向酒店门口那棵枯树射击。第二天他又别出心裁，弄了许多彩色气球挂在树上，然后一个一个地击落它们。他还提一桶刷碗水站在酒店的阁楼上，等候良久，然后胸有成竹地对准某个路人，朝他劈头浇下。"闪闪红星，光芒万丈。"他拉住酒店的每一个顾客说，直说得自己容光焕发，鼻头上长出一个小疖子。为了显示自己精神面貌大改变，他还从那天起坚持每日吃一个烂梨子，而且当许多人的面专选有虫眼的那个地方下口，很清脆的"咯嘣"一声，吃完之后便向围观的人扬言"已经发现了王子光的某些踪迹"，这种事与"一种虎纹花猫有直接的联系"，事实真相"不堪设想"，等等。

如果没有王子光这类事情，我们黄泥街也许永远是一条灰暗无光的小街，永远是一条无生命的死街，永远被昏黄的小太阳静静地曝晒着，从来也不会发生哪怕一件值得永久纪念的小事，从来也不会出一两个惊世骇俗的大英雄。然而从齐婆在厕所边进入那种太阳和冬茅草的意境那一瞬间起，黄泥街的一切都改变了。矮小破败的茅屋蠕动起来，在阳光里泛出一种奇异的虎虎生气，像是弥留之际的回光返照，屋顶上枯萎的草向着路人频频点头，宛如里面灌注了某种生命的汁液。黄泥街新生了。为了庆祝这种新生，每人都在额头上贴起了两块太阳膏药，而且都压抑着内心跳跃着的狂喜之情，一下子成了一些性情文雅、语言含蓄的人。如有人问："在天气方面有些什么新动向？"回答的人便讳莫如深地说："从刚下过雨的泥土里钻出蚯蚓这种有灵性的小动物，看者该是何等的赏心悦目啊！"诸如此类。他们还一张接一张地往墙上贴标语，红纸、绿纸和黄纸，上写这类语句："黑暗已经过去，光明即将来临!""好男儿志在四方!""养成喝开水的文明习惯！"等等。终于在一天中午，袁四老娘腰缠一块猩红色的绸子出现在马路上。当她跑起来的时候，成群结队的大小妖鼠从山上向这条街道俯冲下来，脚步如石子落地"嘣嘣"作响。小屋里的人都戴上黑色眼罩探出头来，偏着头听了一会儿，忽然就呜呜地哭泣了，声音响彻天宇……

第
三
章

在出太阳的日子里

一

一出太阳，东西就发烂，到处都在烂。

菜场门口的菜山在阳光下冒着热气，黄水流到街口子了。

一家家挂出去年存的烂鱼烂肉来晒，上面爬满了白色的小蛆。

自来水也吃不得了，据说一具腐尸堵住了抽水机的管子，一连几天，大家喝的都是尸水，恐怕要发瘟疫了。

几个百来岁的老头小腿上的老溃疡也在流臭水了，每天挽起裤脚摆展览似的摆在门口，让路人欣赏那绽开的红肉。

有一辆邮车在黄泥街停了半个钟头，就烂掉了一只轮子。一检查，才发现内胎已经变成了一堆糨糊样的东西。

街口的王四麻忽然少了一只耳朵。有人问他耳朵哪里去了，他白了人家一眼，说："还不是夜里烂掉了。"看着他那只光秃秃的，淌着黄脓，只剩下一个几乎看不见的小洞的"耳朵"，大家心里都挺不自在的，忧心忡忡地想着自己的耳朵会不会也发烂，那可怎么得了呀？

这天气，铁也烂得掉。S大门上的铁锈就在一点一点地剥落，终于锈断了一根铁栅。谁也记不得，铁门内的人们更记不得，那灼人的、长满白刺的小太阳在铁锈色的一角天空里挂了多久了，好像它从来就挂在那里。既然从来就挂在那里，当然也就不去注意。S的人们不看太阳，然而S的人们用鼻子嗅气温，可说是敏感得不得了。一起点风，就把颈子缩下去，说："冷了。"太阳稍一阴，又说："筋骨里有寒气。"指指脑壳："这里面有潮。"边讲还边划划手，好像那"潮"在跑出来，要赶开它。太阳稍一烈，就又不高兴了："今日又升了一度多，会要死人啦。"

在人们的记忆里面，好久以来，就一直出太阳。由于某种原因，好久以来，铁门内的四五百人就一直昏睡着。迷迷糊糊，眼屎粘紧了眼皮，惬意得直咂嘴皮，直流涎水。各式各样的热烘烘的梦，出汗的梦，从那些随处乱堆的烂木板里，从那些油污的箱子上头升起来了，形成一片梦网，其间又夹有兽叫似的各式鼾声。痛快！太阳这么好，太阳底下连蚊子也做梦的，连苍蝇也做梦的，阎老五小腿的溃疡上不就有好几个绿头的在做梦吗？有一只半醒的苍蝇还晕头晕脑地一下子就闯进了他那大大张开、流着涎水的口中。

冥冥之中，守传达的老孙头梦醒过来和人讲起："天子要显灵了，有怪事出的。首先应该肯定，形势一片大好……上面有个精神叫'好得很'，是关于爱国主义精神的。什么叫'好得很'？目前形势好得很！上级指示好得很！我的意思是睡觉时不要把两只眼全闭上了，要张一只闭一只，要出怪事了。"太阳晒着砖墙，砖墙嗞嗞地作响，应和着老孙头，他的声音低了下去，引出一个饱嗝，饱嗝又引出一个哈欠。听的人也恍然应和着，眼皮耷拉下来，不久就糊里糊涂的了。

老孙头的话谁也没在意。然而老孙头的话不久就灵验了。

来了一个剃头的。那人担着一副油渍麻花的担子，手里晃一把雪亮的剃刀。他把担子砰地一下顿在 S 门口，喊起来："剃头啦！"

里面的人一齐往墙根贴去，惊恐地转动小小的头。

"来了？"

"来啦……啊？"

"剃头啦！"那人还在喊，鼓着两个有血丝的暴眼珠。所有的人都感到了那眼珠里射出的两道寒光。

是时候了，天地间不是通红了么？西面墙上不是停留着一片火光么？红得就如刚流的血。

"塘里漂着一只死猫。"宋婆压低了喉咙说，也不望人，鼠子一样贴墙溜行着。

"放屁！嘻，没什么死猫。"齐婆一把紧紧抓住那矮女人，想了一想，想起什么来，一仰头，一拍掌，涨紫了脸反问她：

"千百万人头要落地？"

"塘里又漂上了死猫。"

"鬼剃头……"

“千百万人头……”

“血光之灾……”

所有的人都在传说，一面说一面担忧地看着西面墙上的那片血光。

“咔嚓咔嚓，什么地方砍头啦。”张灭资懵里懵懂地告诉人，睁大了一对白眼珠。

大家一惊，脸上全变了色，连忙抬头看。太阳怎么那样亮，那样白？那亮，那白光明明是虚假的，明明隐藏着什么阴谋。狗不是叫起来了么？还有那铁门，也没人去碰它，不知怎么老是咣当咣当地响？

“千百万人头要落地啦!”齐婆龇着牙，在厂内疯跑着兜圈子，每遇到一个人就停下，用手从空中往下用死力砍去，口里边说：“全都要落地的。”

S的人们踱过来踱过去，惴惴的。那一天总有好多次，偷眼窥看西墙上那片刺眼的血光。看过之后，皱起眉头来想一想，眯了眼来沉思，沉思也沉思不出个所以然来，于是叹口气，想睡，又不敢。讲话的声音也变了，人人“嘶嘶”地哑着喉咙。

“天倒是好。”没话找话。

都等着。

终于等来了。

狗在黄泥街上叫着，卖烂肉的吆喝着，泼妇尖叫着，声音仿佛从极遥远的处所传到S。“嗡嗡嗡，嗡嗡嗡……”像是许多蜂子在耳边哼。里边的人被太阳晒得蓬蓬松松，迷迷糊糊，随便搔一搔都“喳喳”作响，随便拍一拍都冒出一股股灰雾，好天!

"剃头啦！"暴眼珠又到了门口，手里扬着雪亮的什么东西，眼里射出寒光。

被惊醒过来，都往车间里躲去。

"同志们，上面来了一个文。"老郁举着枯柴样的胳膊，三脚两脚窜进来。"恶性毒疮……有一个贼老是盯着我。最近有一种阴谋！我听见一种'嚓嚓嚓'的声音，我转来转去的，到处都有这种声音，这到底是怎么回事？"

不得了啦！

S的铁门被老孙头吱吱呀呀地关紧了。人人脸上晃着鬼魅的影子，阴阴沉沉，躲躲闪闪，口里假装讲些不相干的事，心里怀着鬼胎。

瞌睡竟没有了。

"毒疮的部位是在背上。"老郁得意扬扬地说。

"他是谁？？"

S的人们一式地朝空中瞪着白眼，哆哆嗦嗦地相互发问。问过之后，绞尽脑汁来想，东张西望，惶惶不安。望过之后，也还是瞪着小小的白眼，也还是那个问题："谁？"

那文究竟是什么意思，要查办的又是什么人，没人说得清。何况黄泥街人是些坚定的、有教养的市民，不是那号爱刨根问底的怪物。查办，就是查办呗，有人硬要问，答不出，就鼓起眼，憋足了气大吼一声："白痴！！"把那人吓个半死。

查呀查的，那个人总也查不出，搞得各自疑起心来："总不会是自己吧？"费力地思前想后，还不放心地摸了摸背上，终于确定自己没有生疮。于是张大鼻孔到别人身上去嗅，嗅呀嗅的，白吸进许多灰尘，鼻孔的边缘都变得墨黑。天气又一天热似一天，快到六月了，太阳也烈起来，黄泥街人按老习惯还穿着棉袄，当然就出毛毛汗。现在一紧张，真可讲是汗如雨下。太阳底下一晒，臭烘烘的，要脱呢，又不敢，伤了风怎么得了呀！

查办尽管查办，老孙头似乎一点也不在意，整天站在门口，逢人就宣传："目前形势好得很！"

有一天杨三癫子宣布他查出那个人了，不过他查出的不是一个人，却是一只蜥蜴。还讲那蜥蜴就在街口王四麻家的墙上，早上他走那墙边过，想用钩子去钩，那蜥蜴还向他吐了一口唾沫。开始别人还兴致勃勃地听他讲，后来忽然记起：蜥蜴怎么能传播毒疮？何况这癫子一句也没提毒疮的事。可见完全是胡说八道，吃饱了没事干。

后来又起了一种舆论，讲生疮的其实不是一个人，只不过是一个鬼，一个落水的死人化的落水鬼。S 大部分人都见过那个鬼，但从未看清过他的脸，因他每次到 S 来总在脸上蒙一块黑布，就算热得大汗淋漓，黑布从不除下。那鬼很瘦弱，弯腰弓背的，一副穷酸样子，走路总避着人，发出沙沙沙的响声，有时还躲在黑角落里吃点什么捡来的东西。

"那鬼呀，我看是刘家鬼。"刘铁锤开口说。

"什么？！"齐婆暴跳起来，"什么刘家鬼，我看倒是我们齐家鬼。今天早上有一股阴风钻到我房子里来，我一嗅就嗅出来了。当时我还说了一句：'好家伙，来了！'不是他还有谁？"

"胡说八道，你这妖婆！"

"不要闹个人意气。"宋婆唠唠叨叨，"查到哪一天去呀？这样出汗，这样出汗，背上都结出一层壳了。"

老孙头吐了一口唾沫，大声插嘴："目前形势好得很！"

"也许是只猫头鹰？"杨三癫子又提出一种新议论，"什么东西夜里总在屋顶上捣鼓，一捣鼓我梦里就有猫头鹰。"

两天之后，老郁笑眯眯地走来了，手里拿着文件。

"同志们，你们对上级精神是如何领会的？这天色像是要发瘟疫的样子，河里漂来大批死猪，早晨臭得没法吃饭。我想起了一个重要问题：最近有一个阴谋！一个贼整夜守在我家门外，这是什么性质的威胁？"

从后一个文下来那天起，S的人们就像患了偏瘫症，一式地侧着身子走路了。坐下去也不敢坐稳，睡觉也是各人都想避开别人，躲躲藏藏，也不敢与人攀谈，就算要攀谈，也隔开老远掩住半边脸。一害怕，就更加想不出线索来了。一个个翻着白眼沉思默想老半天，仍旧从嘴里迸出那个吓人的字眼："谁？"说出之后连忙左右环顾，心里怦怦直跳。

那天下午，老孙头从烂木板里一大觉睡醒，一拍大腿，破口叫了出来："也许根本不存在什么毒疮问题？目前形势好得很嘛！"

"对啦。"张灭资应和道，"铁门响了整整一天啦，是不是风？我一想到这铁门的事心里就不安，也许不是铁门，而是街上的狗引得我心跳。近来疯狗特别多，动不动就咬死过路的人。"

"正是这回事嘛。"杨三癫子也打着哈欠过来应和着，"近来梦里老是那只猫头鹰，老是那猫头鹰，我一点也想不通，干吗不是黄鼠狼？"

那一天太阳特别亮。铁门响着，查办的人出其不意地来了。

给抓去的竟是老孙头！怎么想得到？！

"险！险！险！"齐婆在厂内疯跑着，高喊，"阴谋家！奸细！千百万人头要落地啦！"喊过之后，跪下去啃泥巴，边啃还边咽，眼见地上啃出了一个洼。她是凶恶人，铁也咽得下！

金龟子那样大的绿头蝇子停在西墙那片血光当中。

"塘里又漂上了？"宋婆如鼠子一溜而过。

"有人要谋老孙头的位！"杨三癞子记起了什么，惊跳起来。

"同志们！"齐婆将带泥的口水吐出来，边跑边喊，"你们对千百万人头的问题是如何估计的？啊？哈！请在夜里关好窗！当心奸细！"

然而大部分人并不激动。他们瞪着虚空的白眼望着那片黄天，似乎在想心事，想着想着不觉就说了出来："老孙头？唔，有过的，哈！"

洗手池底下生出了几条蛣蜋，围了一大群人。有人撒烟丝，还有人提议用滚水来浇。结果是没浇，留着，好等下次来看。

围墙上裂了一条缝，也围了一大群人。有人怀疑谁在墙里藏了好东西，找来几根铁钎捣鼓了一整天，把那条缝戳得老宽，最后又觉得也许东西是藏在地底下，丢了铁钎仍去睡觉。

打哈欠传染得真快，只要有一个人开了头，周围的人就都闭不上嘴了。全S都在打。一打，眼皮就又撑不开，梦也跟着就来了。真困！太阳真好！

含灰的云像棉絮那样聚拢着，天气还是那样热烘烘，太阳底下的S还是在尘埃里做梦。有时也开会，开着开着，全都要入梦乡了，只剩下主持会的人天牛一般叫着，"嘶嘶嘶……"的。

人们梦见出汗，梦见太阳上的白刺，梦见生蛆，大半就因为这天牛的叫声。

老孙头是抓了去了，谁也不记得这回事了，只除了孔小龙。

一天，孔小龙大摇大摆，在众目睽睽之下搂了老孙头的絮被走了，那絮被很新很白。

"该死！！他是老孙头的什么人呀？"宋婆第一个醒悟过来。

大家瞪着孔小龙的背影细细一想，才恍然记起老孙头已经不在了。真怪，这老头到哪里去了呀？

现在 S 是换了齐婆守传达了。现在 S 一天到晚响着她那破锣似的嗓音："当心千百万人头落地呀！"喊完之后，将 S 的铁门弄得咣当一声巨响，将人们吓一大跳，耳边嗡嗡嗡响老半天。

"茅坑里有一只蛤蟆精……"袁四老婆在梦中说。那梦里满是黄蜂，赶也赶不开，蜇得全身都肿起来了。

"干吗不是黄鼠狼？啊？"杨三癫子在烂木板堆里迷迷糊糊地嘀咕着，像有什么心事似的辗转不安。

疯狗在黄泥街上狂吠。

齐婆踱过来，踱过去，将铁门弄得响个不停。有时又忽然大步流星，窜到一个没人的黑角落里，睁大了老眼瞄来瞄去。瞄过之后，发现没人，就跪下去大啃一顿泥巴，嚼得满嘴泥沙，吱吱嘎嘎地响。

先前有过老孙头，后来没啦。

老孙头是怎么没的呀？没人记得起。

那些梦总是没完没了。

那太阳总是挂在黄天里。

二

一热又一湿，好多好多小东西就都被沤出来了。叫叫嚷嚷，碰碰撞撞，有翅子的就如直升机似的在阳光里飞上飞下，绕圈子，占领了Ｓ的整个空间。在地面的阴处，各种各样的黑角落里，没翅子的一小堆一小堆地滚动着，拥挤着。凭空怎么就长出这么多东西来了呢？大家都莫名其妙。或许Ｓ的空气本就不同，比外面湿得多，也浓得多，稠糊糊的，当然喜欢长东西，什么都长，长出的东西又肉实，又活泼。茅厕的屋檐下先是长蜗牛，一串一串地长，后来忽然长出了一只巨大的花蛾，大得如同蝙蝠，飞起来呼呼作响。锻工车间主任老郁带领了全车间的人去扑，扑过来，扑过去，眼见扑了下来，走近一看却什么也没有。扑打中撒下的粉眯了许多人的眼，后来还发了一场红眼病。大家得出教训：长出的东西是不能加害的，和睦相处，倒落得个无病无灾。

到后来人的肚子里竟也长出些什么来了。好久以来，一部分人的肚子里就在叽叽咕咕地闹，胀得不得了，也烦得不得了。后来又钻到骨头里去了，骨头像是要炸开。一炸，许多人就往墙上乱捅，往地上乱跺。实在不行了，就浑身乱打一气，吐着唾沫，口中高喊："瘟神！鬼寻了我了！到处乱钻，还让不让人活呀？"

长出什么了？没人讲得出。也有个别信科学的去医院照透视，左照右照，照不出什么，胡说八道一气，最后提议剖开来看一看？肚子怎么能剖开来看？一定是发了疯了，可见科学也是信不得的。

"城里有个胡子老头怀了胎，十个月生下一对双胞子……"杨三癫子开口说。

"什么双胞子呀？双胞子有什么！不瞒你们，我担心的倒是蛇！早两天我进城，就有一个女人生下一条大蟒，一出来就咬死那接生的……嘻，这种事……"宋婆说着脸就变了色，弓着背，缩成一团，身子像是黑布裹住的一把骨头，一发抖里面就噼啪撞响。

夜里也有阵雨。太阳一出，地面蒸腾着，蒸得空中的小东西"嗡嗡"着。一个个都用手搭起凉棚来，遮挡着刺目的白光看天气，摇头，唠叨：

"有雨亮四方，无雨顶上光，又要大晴了。"

"这天气，蒸死老母猪。"

"蒸死狗。"

"蒸死鸡。"

"人都蒸得死！"

"肚皮和包子一样，蒸得要爆开了，什么时候变天？"

白天是喘气，流汗，看天气，唠叨，倾听肚子的叫叫。盼得太阳下去，第二个白天又近了，又是喘气，流汗……如此循环，无休无止。

老郁走进铁门，满眼都是紫红色的大舌头，十来个人正围着冬青树下的蚁巢在那里吐。

"喂，你们身体怎样？"他诡秘地微笑着说，"有个贼在外面敲了一整夜的门。一只红眼睛的狗老是闯到家里来，狗一叫，我眼里就掉出蜈蚣来。医生说我有肺痨，你们怎样看？我会不会死？呃？"

他一问，大家就不再吐，翻着白眼使劲回忆。

"这天好像有点什么那个……"齐二狗迟迟疑疑地回答，脱下胶鞋来擦脚丫子，越擦越痒得厉害。

"对啦！"众人高兴地舒出一口气。说："什么天呀，死人的天！"

"生蛆的天！"

"这天打个屁都要臭到两里外！"

"我家床底下沤出一窝一窝的虫子来啦。"

"冬天腌了一坛子鱼，今早揭开来看，哪里还有鱼，全被蛆啃光了！"

"停一停，同志们，"贴墙溜行的宋婆耳语般地说，"满街死狗，塘里又浮上了……什么意思？"

那一天S里面特别静，各人都在屏着呼吸凝神细听。一个看不见的东西老在各处转悠，这里弄响一下，那里弄响一下，搅得人心神不安。

"不过是风，"张灭资壮着胆说，说完就怕冷似的缩下颈子，"这天气好像有潮。"

"什么响动呀，"齐二狗肯定地说，"什么也没有，完全是一种臆想。问题是在河里。听说早上漂来了一条大怪鱼，一早我就闻到了。当时我还以为是死狗的味儿呢。"

"有一只东西横过去，"王强鼓着腮帮，呼哧呼哧地走过来，"没看明，或许竟是猴子？"

"猴子？！"

"我看像是那东西又来了。"

"不得了，那一年不是来过一次吗？后来天上落下死鱼来，我家的屋顶上打出四五个窟窿。当时我想，吃不完就腌着吧，谁料到会发瘟疫？同志们，千万别吃死鱼！"

"鬼剪鸡毛！一大早，全街的鸡都剪过了。"

"杀！还等得？"

"街上跑着疯狗，有什么人追着打。嘻！千万别窜到我们这里来了。"

"疯狗算什么？先前就咬过我一回，我就没打，也没发疯狗症，可见也不是人人被咬了都要发，我不是就没发么？"

"打出一身汗，伤了风，还想活？那人真是不自量！"

"这鬼天，早晚蒸死我们大家。"

"既被咬了，就该自个去死掉，何必要打？总是想出风头吧。"

急促的脚步，原来是老郁。

"该死的王四麻，竟失踪了！"

四周静得有些怪异——连个蚊子也不飞，连个虫子也不爬。王四麻？什么王四麻？一个个大汗淋漓，面面相觑，转动磨盘似的脑袋，想要悟出点什么，却偏偏悟不出。于是装出不以为然的样子，踱过来踱过去，眯缝着眼看太阳，吐口水。

　　"王四麻是不是一个真人？"张灭资忽然恐惧地说出来，又仿佛被自己的声音吓坏了似的，耳朵嗡嗡地响起来。

　　大家好像明白了什么，又好像什么也不明白。他们觉得王四麻应该是一个真人，又觉得王四麻也许果然不是一个真人。真人怎么会失踪？什么东西不对头啦？是不是热昏了的胡思乱想？铁门究竟怎么回事？

　　"听说有鬼剪鸡毛？"老郁阴险地问。

　　"该死的耳朵！啊！"张灭资向墙上撞去，"什么东西在里面咬，杀人啦！杀人啦！"

　　"鬼剪鸡毛与王四麻案件有什么联系？"老郁冷笑一声。

　　厕所里人挤挤的。你也屙，我也屙，正在屙的不想起身，等着的等不及，就屙在裤裆里了。一边屙一边谈话：

　　"今日屙了几回了？"

　　"这不三回，妈的。"

　　"我这是第八回！我想还是照透视去？"

　　"透视照不得！屙完了，没东西屙了，不就好了？"

　　"这次瘟疫比往年厉害。我早讲了，不要往饮食店门口倒垃圾，偏不听。像从前一样，都往河里倒，一下子就流走了，干干净净，哪里会有这许多怪病？"

　　"人心日下呀。"

"我的肚子胀得不行了。"

"忍一忍吧，这就快了。"

"忍不得了，就屙在这角上算了，不要紧的。"

"从前上厕所哪里要等这许久，一去就屙，空位子多的是。"

"王四麻的耳朵哪里是烂掉的，明明是剃掉……"

"听说王四麻是耳朵里生了蛆，见不得人，才逃走的。"

蹲得太久，浑身的汗毛都炸起来，棉衣领子也湿透了。各自寻思：今年怎么热得这么快？光阴似箭呀！明日只怕棉衣也穿不成了，真糟糕！铁门老在响，弄得人屙屎也没法安静屙了。

"你觉得怎么样？这问题不是令人深思吗？"齐二狗的声音从外面传进来，"我怎么也没想到，原来土霉素可以治神经衰弱。"

各式各样的、流着热汗的、臭烘烘的脑袋都聚拢来了，因为集中了太多的视线，齐二狗那开着裂口的大拇指肿起来，膨大了几倍，指甲上朦朦胧胧好像有点什么活动的东西，又好像有点什么响声，待要定睛凝视，却又只看见黑色的积垢。看过之后，大家都意味深长地点起头来，点着点着脸上就浮起了微笑。

"同志们，这个问题的性质很严重。"

"请注意墙头上有没有猫头鹰。"

"河里漂来大怪鱼。"

"城里的大钟发疯地响了一整夜，我老婆烦不过，打起碗来，一连打破二十三个。"

"伤了风千万别服药，当心毒害神经。"

太阳像火炉一样热烘烘。S的人们想着：要是太阳不这样烤人，蝇子总要少一些吧。平常年头总是：太阳越烤人，蝇子就越多，蝇子喜欢太阳。要是落场雨倒好。于是盼落雨。但阳光总不见弱，蝇子总不见少，雨呢，连要下的迹象都没有。地面成了一个火箱，到处都在喳喳地裂响。蝇子扰得夜里也睡不安宁了，一翻身就觉得腰下面冷冰冰的，有什么小东西被压破了，开灯一看，原来又是几具蝇的尸体。肥圆的肚子裂开，从里面爬出白色的小蛆来，恶心得要死。在太阳底下被蝇子叮得多了还生疱疖，到处生，还流黄水。有一个婆子生疱疖烂得两只眼珠全掉出来，成了瞎子。

后来墙壁也生起疱疖来了，是不是蝇子叮的呢？最初是 S 的围墙上无缘无故地突起了一个大包，太阳一晒，就晒出一股臭味来，对着那突起的大包，老郁铁青着脸看了看表：七点二十分。

"同志们，研究研究吧。"他说。

"请在夜里关好窗！"齐婆窜过来，窜过去，逢人就肯定地点一点头。

"厕所后面有一只死狗。"张灭资慌慌张张地跑过来说，"我老是在担心，会不会发生什么意外？那家伙肚子里长满了蝇子，黄水流得到处都是。"

老郁又看了看表：七点三十分。

"喂，"他说，"你们对于土霉素的用途怎样看？嗯？听说药店里的土霉素全部售完了。这不是说明了许多问题吗？"

"热死人啦！"

"到处都是这些该死的蛆。早上我端起碗来，心里直纳闷：是不是饭里也有蛆？呸呸！"

"近来药店大量出售神经毒药。"

"经过调查核实，黄泥街共有八个婊子。"

"我用被子下死劲蒙住头，那钟声还是传到耳朵里来。钟一响，老婆就打碗。"

"停一下！什么东西？"

原来是墙上的大包在嗞嗞地响。刚要凝神细听，天地间的万物都嗞嗞地响起来。黄天里有无数细小的金虫在游来游去，一只大苍蝇像直升机般降落。大家的眼皮痒起来，揉一揉，就有哈欠，一打哈欠，梦也就跟着来了，无休无止，长而又长。那梦里的东西很怪，狗也好，蜈蚣也好，猫头鹰也好，房子也好，树也好，不管什么都会嗞嗞地叫个不停，从那叫声里又渗出一层薄薄的眼屎，凝结在眼皮的边缘。

那一天老郁铁青着脸站定在围墙下面，看了整整一天的表。

太阳落下去的时候，疯狗又叫起来了。

"原来毒疮的部位是在屁眼里。"齐二狗揉开小眼翻了个身，"桃子树上结骷髅，满地脚印。"

"干吗不是黄鼠狼？啊？"杨三癫子低语道，"我觉得完全可以是一只黄鼠狼嘛。"

"我总也不能合眼，老在担心那只死狗。那狗是哪里来的？干吗一下子就死在厕所后面？你们不觉得这太阳像一颗金樱子吗？"

"有一个名字老缠着我。昨天吃着饭，口里就念出来了，吓一大跳，后来通夜烦躁得不得了。千万不要养成自言自语的习惯。"

"胡三老头的天花板缝里又掉下了黑蘑菇。"

"有三天没有梦了，什么东西出了毛病？"

"胡思乱想都是由天气热引起的。"

有一天下午，城里的大钟敲过两下，老郁从遐想中惊醒过来，又记起了王四麻。他仍是那样愤愤地称之为"王四麻案件"。他向大家解释了许久，其中提到一只猴子，那猴子能像人一样擀面条，甚至比人擀得还好。"这不是一种奇迹吗？你们怎样看？"他声色俱厉地反问。

王四麻像影子一样消失了。S的人们谁也搞不清是否真有过这么一个王四麻。这种问题太复杂了，要弄清楚也太费神了。何况还有许多问题要想，比如说，厕所又坍坏了，粪便常从缺口溢出来；蛆虫到处乱长，简直没法防止；无论什么地方只要蝇子叮一下就有蛆；一个贼老在厂内各处转悠，弄得人心惊胆战，觉也睡不安；拉肚子刚一结束，又没完没了地长起疱疖来了……

第四章

王子光进入黄泥街

一

　　阳光一日毒似一日，将每样东西都晒出裂口来，将每样东西都晒得嗞嗞地叫。空中又总有东西发出单调而冗长的鸣响，"嗡嗡嗡、嗡嗡嗡"的，一响一整天，谁也搞不清是什么作响，手搭凉棚观察也观察不出什么来。有人说是蚊虫，有人说是屋上的瓦，还有人说是自己的耳朵。白日不断地从围墙缺口进入 S，又不断地从缺口退出去。日子过得毫无意义，又总像有种说不出的含义。走廊边上，屋檐底下，到处是睡眯眯的眼睛，半张开的猪肝色大嘴，绿头蝇子在其间爬行，蚊子在其间哼哼。时常那梦做得好好的，老郁的破嗓子忽然大叫一声："开会啦！"这才惊醒过来，拍打两下，走到会场里去。一进会场，起先还眼睁睁地听着，听久了，眼珠就渐渐浑浊起来，身子骨也软酥酥的了。干脆就势朝别人身上靠去，那被靠的人又就势朝另外的人身上靠去，于是五六个一堆，七八个一堆，鼾声如雷。直到领导讲到有关利害的大事，如："就在我们这些人里面，有人养着猫头鹰！""蝙蝠一案必要查清！""墙上已经显出血滴……"等，这才一惊，吓一大跳，用力去推靠在身上的人，那人也吓一大跳，直起来，揉了半天眼，嘟嘟哝哝地埋怨着，睁圆了小眼来听。但睁了不到半分钟，眼珠就又浑浊无光了。有什么办法？"雷公不打瞌睡虫"嘛。

大水是在睡梦中来的。

胡三老头伸着干枯的细腿坐在马桶上晒太阳，看见黄水就像一群湖鸭子似的涌过来了。他眯着细长多褶的老眼看了一会儿，说："哈。"就慢慢支起庞大的躯体，进屋闩了门，躺到床上去了。苍蝇从天花板缝里掉到帐顶上，落一只就嚓地一响。天花板缝里老是长些乱七八糟的东西：苍蝇啦，蛾子啦，甚至还长一种极细小的黑蘑菇。他的女儿每天手持喷枪，嗵嗵嗵地冲进来，朝天花板喷射"滴滴涕"。胡三老头躺了一会，刚要做一个梦，水就从门口漫进屋里来了，带来一股腥气。"哈。"他又说，费力地翻转身，想："金龟子背上为什么发红？"

太阳如一个鸡蛋黄，浮在昏黄的泡沫中。街上的小屋被水泡着，像浮着一大群黑色的甲壳虫。

有一具女尸，横躺在马路中间的水里，全身像海绵一样吸饱了水。

那剃头的裸着上身立在水里，正用刀子割断一只猫的喉管，弄得血淋淋的。

"这河水溜溜滑滑，有点像洗过澡的脏水呢。"

"墙上到处长包，夜里一醒就听见墙壁炸响。"

"涨水必要死人。"

"水里有股粪味儿，我觉得会要发瘟疫了。每次水里有粪味儿总要发瘟疫。"

"耳朵里面捣鼓了一整夜，早上我用一枚钉子去挖，挖出一条虱子，一堆虱子蛋。"

上午，所有的人都出来找东西了。

满怀希望地瞄来瞄去，用手在水中摸索，思忖着总要找到点什么吧，这河水可真是热呀。东找西找，找到一只死猪，几只死鸡，都被水泡得胀鼓鼓的。死东西本不该吃，有人硬要吃，说扔了可惜了，就由张灭资带头吃了起来。还说又不是瘟死的，是水淹死的，河水干干净净，有什么吃不得？一吃起来胆就壮了，从此每天出去找东西，找回来弄了吃。

整条街都在瘟，鸡全瘟死了，连猫儿也疯了四五只。疯了的猫儿整日整夜在茅屋顶上怪叫，弄得人们都不敢出。屋里也住不成了，满地都是溢进来的臭水，墙上爬满了蛞蝓，一不小心就会掉到颈窝里。有一天，袁四老婆还在碗柜里发现一窝毒蛇蛋，还差一点就当鸡蛋煎吃了。从发现毒蛇蛋那天起，所有的人都搬到阁楼上去住了，一要屙，来不及下楼，就从楼板上打个洞，直接往下屙。

王子光乘小船来的时候，黄泥街人都挤在各家的阁楼上，用手搭起凉棚张望着。望了一会儿，就有人窃笑起来，于是所有的人都开始推推搡搡，高兴得捶胸顿脚，跌在地板上滚来滚去，发出嘣隆嘣隆的响声，像是在打鼓一样。

那小船的形状像一只甲虫，飞快地驶过来。撑船的男人是个没有脑袋的人，因为他弯着腰，始终用屁股对着黄泥街，在大家看起来，就像是没有脑袋。

"王子光带着一个黑皮包咧。"阁楼上的谁喊。

"王子光带着一个黑皮包咧。"大家耳语着，像鸭公一样从围栏上伸出一排脖子。

王子光走到第一家门口，一脚踢开了门，猛地喊道："听说有鬼剪鸡毛？喂？！"说罢就用高统套靴踩着水，哗啦哗啦地进去了。屋里很暗，宛如一个地洞。只觉得有许多小东西在周围扒呀、咬呀的，弄出细小的响声。隔了好久，王子光才发现有一个亮点，那是天花板上的一个小洞眼，从那洞眼里望上去，可以隐约看出屋顶上的瓦。什么东西从那洞里啪嗒一声掉下来，他仔细地瞧了老半天，琢磨出可能是一节粪便。

"这屋里有点什么。"他说，打着哆嗦。

"这房子里明明没住人。"撑船的说，他已神不知鬼不觉地爬上了阁楼的楼梯，现在正用两腿夹住楼梯扶手往下溜，一溜下来又飞快地爬上去，重新往下溜，没完地搞个不停，口里还得意地吹起了口哨。这么一闹腾，楼梯上的灰尘就满屋子飞扬，弄得人气都透不过来了。

"停止！"王子光说，他觉得脖子很胀，像有寒气侵入进去了。"寒气占领了我的颈部。"他想，觉得"占领"这个词儿很有意味，像正式的公文，他一定要用上这个词儿——占领。

"每个阁楼上都挤满了脑袋，怎么会没住人？我正式通知你：这街上的人多得数不清！关于政治面貌的问题你是如何领会的？你这瘟鸡！"他也搞不清他干吗要骂"瘟鸡"，只不过顺口就骂出来了，骂过之后一点儿也不觉得痛快。

撑船的一心一意地溜着楼梯的扶手，越溜越熟练，屁股底下发出吱吱的声音，很悦耳。"有人从洞眼往下厕屎，"他边溜边说，"臭死人啦。"

"原来这家伙是个聋子。"王子光想。他哗啦哗啦地走到街上，又去踢第二家的门。

"须子胡！"他随便想了一个名字喊起来。这一回他有了经验，不等回答就冲上楼，到处扫视起来。什么人都没有，刚刚吃了一半的饭菜搁在桌上，几只肥硕的鼠子正在饕餮，满不在乎地瞪着他。

"听说有鬼剪鸡毛？"他大喝一声，同时就感到山崩地裂，其实是他的一只脚踩进了一个空洞，整条腿顺势滑了下去。待他用双手撑在地板上拔出腿来，才发现裤腿上沾满了大便。看来这个洞眼是这家人家用来厕屎的。王子光记起第一家也有这么一个洞眼。这个洞也是唯一的出气孔，因为阁楼上找不到任何窗子，只有几线微光从稀稀拉拉的瓦缝里透进来。他昏头昏脑地奔下楼，一脚踏在一个软东西上面，抬头恍恍惚惚看见一个大黑影袭来。

"路线问题是个大是大非问题。"那黑影忽然开口了。原来又是撑船的，不知他什么时候进来的。他正在溜楼梯的扶手，发出吱吱的声音，刚才踩着的东西是他撑在梯子上的手。"您把我的手踩痛了。"

"你快扶我出去。"王子光衰弱地说，他觉得肺里面长满了木耳和地锦草。

撑船的那两条干瘪的腿砰的一声从扶手上落下来了。他伸手插进王子光两边的胳肢窝。那手如两根冰条，一直冷到他的肺里。

胡三老头的马桶就放在屋檐下的黄水中，他赤着大脚坐在马桶上，聚精会神地捏紧了鼻孔下死力擤，夹在两指间的那根黄带子晃来晃去。

"听说有鬼剪鸡毛？哈！"王子光怪样地笑着，拍了拍胡三老头的脊梁，胡三老头的背被拍出嗡嗡的叫声，有许多蜂子在里面乱撞。

他像老乌龟一样凝滞着细小发光的眼珠，热切地说："茅屋顶上的酢浆草长得真茂盛。隔壁宋家里又吃蝇子，你们去查她，快去……有人说造反派的势力不可抵挡，你们如何看？"

"鬼剪鸡毛与王四麻案件有什么联系？"王子光又笑起来，笑得直打嗝。

"这屋里臭得很，蝇子多得不得了。"

"哈哈。"

"天花板缝里又掉下了一只黑蘑菇，是不是第三只了？"

"哈哈。"

第二天太阳很好。

张灭资不声不响就死了——真选了个好日子！给人抬出来已是黑得如一段炭，背上肿了一个大驼峰。

疯猫蹲在茅屋顶上面怪叫，那茅屋顶上开着酢浆草的小紫红花，一丛一丛的，亮晶晶的。

"遗臭万年，遗臭万年。"老郁摇着黄梨似的小头。

"要早告诉我，兴许还有挽救的办法。"宋婆拍一拍干巴巴的胸膛，"这张灭资，死也舍不下面子。"

"这张灭资其实很有问题，"齐婆气冲冲地说，"看事物没头脑，嘴又馋，还每天吃馊饭。你跟他讲话，他嘴里就老是喷出一股馊饭味儿，冲得你受不了。"她说着说着就用一根棍子去戳死尸背上的驼峰，戳了几下，驼峰里就涌出黑水来，奇臭刺鼻。

"当心水，下过毒的。不要喝井水，不要洗澡。"宋婆轻轻地说，说完就像鼠子一样从人缝里溜走了。

"七点四十分。"老郁铁青着脸看了看表。

一连三天，老郁都在对付这些该死的蛞蝓。它们不停地要爬到阁楼的楼板上来，而且总是从那个厕屎的洞眼里爬上来。用锥子戳，用钩子钩，洒盐水，什么法子都用尽了，一住手，又意想不到地爬上来了。滑溜溜的，灰白的，爬过的地上留下一条条带子，闪出阴暗的蓝光。"月儿弯弯缀夜空，老房东查铺。"收音机里在播放歌曲，那歌唱了整整一个早上，唱得人心惶惶。"我们这条街常出怪事。"他伸出头去对齐二狗说，"有种流言，说王子光是王四麻的弟弟。张灭资的死说明了什么？呃？"

"那个王子光究竟是不是实有其人？"朱干事像麻雀一样蹲在马路对面阁楼的栏杆上，迫不及待地插嘴说，"据说他来过，又不来了。但是谁也并没真的看见，怎么能相信来过这么一个人呢？也许来的并不是王子光，只不过是一个过路的叫花子，或者更坏，是猴子什么的。我觉得大家都相信有这么一个王子光，是上头派来的，只是因为大家心里害怕，于是造出一种流言蜚语，说来了这么一个王子光，还假装相信王子光的名字叫王子光，人人都看见他了。其实究竟王子光是不是实有其人，来人是不是叫王子光，是不是来了人，没人可以下结论。我准备把这事备一个案，交委员会讨论。我看这里面有种隐患，说不定一不小心就会铸成大错，你们不觉得吗？从昨天起天就昏了，城里的大钟昼夜不停地响，是不是和张灭资的死有关？昨天一整夜我和老婆都是站在柜子里睡的觉，到现在腿子还是肿的。"

"早上有五只老鼠横渡马路。"齐二狗趴在栏杆上说。他觉得他不得不说两句，一说又有一种大祸临头的感觉。后来想了好半天他才挤出一句报纸上的话："目前的中心任务是抓一小撮。"然后心安理得地将一口黄痰往下面吐去。

"有一只血球从我眼前滚过，"老郁紧盯着他一字一句地说，"我试验过用一枚长钉子钉进狗的眼珠里，狗并没死，这不是奇迹吗？"

"有一种苗头。"齐二狗埋下眼胆怯得要死，然后又虚张声势地吐起痰来，没完没了地咳，好像胸膛里盛满了浓痰。

"我想把王子光的事情作一个详细记录。凡是蛛丝马迹都要搜集起来。"朱干事兴奋得脸泛红，"因为说不定就会铸成大错。比如王四麻案件，就已经铸成了大错。当时我们确信不疑，而现在，我们连他是不是一个真人都无法弄清。从前说他是黄泥街上的老居民，好像这是一个事实。但是错觉是完全可能产生的，尤其是许多人的错觉，就更可怕。我觉得首先要弄清的一点是：王子光是穿什么衣服来黄泥街的？搞清了王子光穿的衣服，其他的问题就迎刃而解了。因为如果没有这么一个人，就任何衣服都不可能穿，这是第一。第二，王子光与黄泥街究竟是什么关系？他究竟是上头的人，还是仅仅是王四麻的弟弟？我觉得这第二点是最难弄清的，这关系到全街人的性命问题。我想申请上面派一个调查组来，这种问题单靠下面的力量没法解决。"他说到这里，像麻雀一样从栏杆上轻轻跳下，兴高采烈地搓着手指，"昨天夜里在柜子里睡觉时，一系列的问题纠缠住我，我通夜失眠，翻来覆去地想，终于得出了这些结论。另外还有一个问题：张灭资的死亡是不是由疯猫引起的？"他向街心伸出脖子去。

老郁和齐二狗也跟着伸出脖子去。

然而张灭资的小屋顶上没有了疯猫，连麻雀也没有。酢浆草的小紫红花盛开着，一丛一丛的，晶亮的。

太阳像猪肺般红，天昏得特别厉害，灰屑就像鹅毛大雪一样落下。传说是扫帚星要与地球相撞，世界的末日到了。家家都在楼上煮了好东西吃起来，说是活一日算一日，不吃白不吃。吃过肚子就胀，肚子一胀就想骂街。隔着马路隔着黄水，边屙屎边跳起脚来骂，一骂一提裤子。骂得兴致上来，还提起那一马桶屎朝对面阁楼猛泼过去，那对面的当然也照样回敬一桶。大便泼不到人身上，不过是助助威风。

就这么吵吵闹闹过了些日子。

有一天，人们忽又唉声叹气地说起：

"王子光来的时候，带着黑皮包咧。"

"王子光来一来，又不来了。"

"黄泥街没希望。"

王子光究竟为什么来一来，又不来了，大家都感到百思不得其解。是不是他观察到黄泥街的阻力太大？他不是和胡三老头谈过了吗？或者他对黄泥街的前途已经灰了心啦？究竟是什么因素使他对黄泥街产生这样悲观的看法?

直到有一天，齐婆兴致勃勃地跟大家说："王子光哪里是什么上头的人，完全是发了疯了！他是废品公司的收购员，这消息绝对可靠，因为他是我弟媳的亲戚。再说我们连他的名字都弄错了，他叫何子光。"大家这才放下一桩心事，同时又很失望：王子光原来是收购员。

那些天里，朱干事每天伏案工作到深夜，忙着写调查记录。他拟好了一份报告，总共想了五十多个题目，最后选定的题目是：骇人听闻的张灭资之死与王子光案件。

太阳落山的时候，朱干事坐小船到区里送报告去了。

二

自从王子光对黄泥街产生悲观的看法之后，大家都觉得垂头丧气，门也懒得出，什么事也干不了了。现在见了面也不寒暄了，所有的人都只说一句话："黄泥街没希望。"说过之后，就做出活得没意思的样子，埋下眼皮，打着哈欠，懒得再开口了。不是连王子光都已经悲观失望了么？虽说王子光只不过是一个收购员，又是齐婆的亲戚，但是黄泥街人都是一些有远见的人，他们看出王子光的悲观论点非同小可。

他们觉得这件非同小可的事必须要苦思苦想，弄出个眉目来。于是成天神情恍惚，悲观厌世，班也上不成了。都揉着胸口诉说：这种问题要是不弄清，恐怕性命都难保，谁还能上班呀。从那天起 S 就正式停工了。

一回家就反手闩了门，再也不开了。小孩嚷嚷要出门就抓住一顿死打，打过之后，气喘吁吁爬上阁楼，贼头贼脑从门缝里向外窥视，还假装弄什么弄出些响声来，看门外有什么反应。"出怪事的年头呀。"老人们摇着白头叹道。家里虽是火箱一般热也不开门透一透气了。每天半夜，家家都有一个穿黑衣的老婆子贴墙溜出去，探头探脑，窸窸窣窣地把什么东西弄响一下，或向水中投一块小石头，立刻溜回。每当婆子溜出去，那家的电灯就虚张声势地亮一下，立刻又黑了。

胡三老头仍旧不分昼夜地坐在屋檐下的马桶上，闭着眼不停地咕噜道："造反……好！我在床上数蘑菇，那黑影就老是站在窗前，做出想要谋害的样子……有一个黑影！同志们不能大意……"

有一天，他女儿端起一便盆尿朝他颈窝里倒了下去，倒过之后，还怨恨地啐了他一口。

胡三老头的身子在湿衣裳里面一下子缩细了许多，像是化掉了许多肉，肚子也瘪了下去。"金龟子和黄鼠狼，"他痴痴地说，"王子光案件究竟说明了什么问题？我每天坐在这里睁圆了眼看，从来也没看见什么王子光。这世道没希望了，什么人总在那里瞎鼓捣。太阳不是已经滴下血来了吗？我看见的，什么事都逃不出我的老眼。天花板缝里长的黑蘑菇，你们弄来给我吃吧。"他弓起背，像猫一样打呼噜。

柏油马路上的黄水渐渐像开水一样烫人了。白天，马路上是站也不能站了。每样东西都像玻璃碴儿一样放射耀眼的白光，像要烧起来。小小的太阳像不动了似的，总在那灰蒙蒙的一角天空里挂着，有时也有一片梦样的云儿停留下来，将它挡住，于是人们大出一口粗气，说："好了。"很快地，那云又跑掉了，大地重又燃起白色的烈焰。

太阳底下的黄泥街像一大块脏抹布，上面布满了黑色的窟窿。从那些窟窿里蒸发出一股股油污的臭气，也蒸发出数不清的绿头蝇子和花脚毒蚊。黑洞洞的小屋里，市民们懒洋洋地半合着眼躺在阁楼上，有一下没一下地用蝇甩子赶开停在脸上的绿头蝇子。有时又举起蝇甩子，向那爬上饭桌的鼠子大喝一声："我还没死呢！"也有那种时候，高音喇叭嘶叫起来，震动了大气，也震动了市民的耳膜。于是趿着鞋，用大蒲扇挡着光，迷迷糊糊地踱到外面来，张起耳朵细听，但总也听不明了。含含糊糊中好像觉得是在讲什么关于全民皆兵的问题啦，关于脚上的鸡眼问题啦，关于怎样服用灵芝菌才能长生不老呀，关于指南针的发明权啦，等等。听完之后，确定与自身无关，仍旧举着蒲扇，趿着鞋回到楼上去。

"王子光到了城里呢！"宋婆拍着巴掌在马路上叫起来。

"好家伙！什么？！"所有的人都踢踢踏踏地跑出小屋，大蒲扇也忘了带，就光着头晒。

"王子光到了城里呢。"宋婆说，流着盐汗，吐着白沫，"原来真有这么一个王子光，根本不是废品公司的收购员，据说他的真实身份还在调查中。"。

"真实身份？呸！"齐婆吐了一口泥屑，走过去用胯骨一撞，撞得宋婆打了一个踉跄。

"到了城里呢，"宋婆且退且说，"不过现在早已死了，像鲤鱼一样从三层楼的窗口蹦到马路上去了。现在还躺在马路上，脸上稀里哗啦的。那两条腿子全没了，腿子哪里去了？我找了好久始终没找到。"

"这就死了么？腿子总也找不到么？怎么回事啊？"全都眼巴巴地，不甘心地盯紧了那婆子。

"死了，人挤着，我也没看明白。"她摊开手，似乎也就这些话。

那天半夜区长潜入黄泥街的时候，只有朱干事家里的灯在街尾亮着，看去就像一只萤火虫。

区长用力敲了几下门，里面没有反应。"嘭！嘭！嘭！"他开始下死力擂，里面仍然没有反应。区长在门外转来转去，把酒糟鼻狠狠地贴在窗玻璃上，想要看出点什么来，但是徒劳。那窗玻璃上的灰太厚了，什么都看不见。后来他灵机一动，掏出一把小刀来戳那门缝，戳了一气，门缝越来越宽，透出的亮也越来越多，向里望去，朦朦胧胧只看见雾似的水蒸气。戳到有两寸宽光景，他就朝里面"呸！"地吐了一大口痰。立刻听见套靴踩水的响声，一下子门就开了一条缝，朱干事的蓬头像一只秃扫帚从门缝里伸出。"十五比十三，希望大不大？"他鼓着眼问，仍旧把住门，不让区长进来。

"形势正在变得对我们有利。开门，你这贼！"区长窝着一肚子火，想要夺门而入，但朱干事将门把得死死的，始终只留一条窄缝，这当儿他夹在门缝里的脖子也变得很细小了，好像是一条扁平的蚂蟥。

"十五比十三，希望大不大？"他仍旧鼓着眼，毫无表情地发问。忽然他扭动了一下身子。同时就有一线灯光从他头顶射向黑咕隆咚的外面。"啊！区长！"他大惊失色，房门马上大开。

区长踩着水哗啦哗啦进屋时，朱干事已经蹦蹦跳跳地落脚在一架梯子的半腰上了。那梯子是通向屋角的一个大柜顶上去的，柜顶很宽阔，上面放着像萤火虫似的那盏灯，还有一堆一堆的文件、纸张，好像整个柜顶都堆满了，还有几沓最高的把天花板都撑得裂开。"自从涨水以来，我就搬到这柜顶上来了，请随我上来，千万小心。"他牵着区长的手爬上了柜顶，"我通宵都在忙着王子光案件的备案工作，我打算后天派一个调查组到他的原籍去，您有什么指示？"他用全身气力把一堆堆的文件挪开，叠上去，搞得汗流浃背，才勉强挪出一小块地方。两人紧紧地挤着坐了下来。

"十五比十三，是密码？"区长突然发问，目光炯炯地盯紧了他。

"不过是昨晚电影里的排球赛。"朱干事发窘地说，"请您坐过来一点好吗？那条缝里老是有蟑螂钻出来，昨天我还压死了一只。"他把区长往自己身边一拉，这一来区长就坐到他的腿上去了。区长觉得他的腿正在冒汗，坐在上面怪不舒服的。

"我通宵都在忙着王子光案件的备案工作，有半个多月了，您看。"他指着一沓厚厚的公文纸说。那上面蒙着黑灰，一条什么虫子飞快地从中间爬过。他怜惜地用脸颊贴在上面，说："我已经写了有一百二十万字啦。"然后抽出几张递到区长眼前。

区长将鼻尖凑到纸张前嗅了一会儿，忽然惊慌地说："这柜子怎么动起来啦？我觉得这柜子在荡来荡去的。"

"对啦！"朱干事高兴地说，"您看见缚在这些柜子上面的绳子没有？我老婆儿子一起从后面房里拔这些绳子，柜子就移动起来，像一只小船一样在屋里荡来荡去的。要知道外面总有人从各个不同的方向向这屋里窥视，我得不停地转换方向，所以就想出了这个办法，这一来谁也拿我没办法了。"

有人在窗棂那里悄悄地挖什么，声音越来越大，到后来简直是明目张胆了。

"谁？"区长气愤地问，"你怎么能允许这种情况发生？"

朱干事打了一个哈欠，好像要打瞌睡的样子，两眼也迷糊了。"这是齐婆，"他懒洋洋地回答，"她对王子光案件持有反对意见，每天夜里都来破坏我的备案工作。正因为她的破坏，所以备案工作老没个完，我觉得她在这件事上快要达到她的目的了。这女人像一根钢丝一样，我们搞不过她的。我时常想：既然她要和我作对到底，我是不是干脆放弃这个案件算了？您的意见怎样？"

"我的心脏要发病啦！"区长抓着胸口，气恨恨地说。

窗玻璃上出现两个鼻孔，那女人起劲地、威胁地猛敲窗棂。

"每当她这么一敲，我就没心思搞备案了。"朱干事垂头丧气地说，"让备案工作无限期地拖下去，这就是她的目的。喂，您试过用蟑螂泡酒吗？"他的眼神一下子变得很热切，甚至还挪动了一下腿。这一挪使区长坐得更不舒服了，好像会从他腿上滑下去。他用手紧紧抠住朱干事的背，维持自己的平衡。"每次我身上长疙瘩，用那酒一搽就消了。我留得有一瓶，放在柜子的底层，您要用就来取。"

朱干事说完就轻轻地打起鼾来，枕着区长的肩睡着了。区长觉得很累，像爬过了几座大山似的累。他用力从朱干事的腿上移开，倒在那一大堆文件上。朱干事对这一移动全然不知，在梦中就势将头搁在区长的胸口，用腿死死地夹住区长的腰，使区长喘不过气来。区长想反抗，他却又用手紧紧地挽住了区长的脖子。这么搏斗了一阵，区长终于精疲力竭，后来两人就这么缠在一起睡着了。

天还没亮，区长就被外面一种奇怪的喧闹声吵醒了。有人在哇啦哇啦地叫些什么，还有人用什么东西猛撞大门，眼看门闩就要被撞开。朱干事还在像猪一样地打鼾，要想弄醒他是不可能的，因为他根本没睡着，但是也没醒。他张开眼躺在那儿独自笑个不停，边笑边打鼾，弄得区长胆战心惊，下死力掀开他的腿，屏着气躲到柜子的另一头去。区长意识到自己陷于一种严重的境地了，他伤心地坐了好久，很后悔，很沮丧。

后来他忽然爬过来，凑着朱干事的耳朵悄悄地说："十五比十三，赢！"这一着果然很灵，因为朱干事立刻就打着哈欠坐起来了。

朱干事凝神细听了一会儿，就下了梯子走到门边。他像昨夜一样把住门，只开一条缝，将脖子伸了出去。听见外面哇啦哇啦喊了一阵，又哄笑了一阵，又听见朱干事大声打了四五个哈欠，就一切都静下来了。

"他们进城看王子光去了。把握群众的情绪不是一种艺术吗？"朱干事掩上门，显出诡谲的样子，然后就发起呆来。隔了好久，才痴痴地自言自语道："王子光是不是实有其人？也许这一下终究要水落石出了。"

那一支队伍信心十足地出发了，一路上不停地打打闹闹，吹口哨，吐口水，兴高采烈地笑得倒在水里，滚成一堆。

走到城中，宋婆讲是在光荣路。"一张大黑门，屋檐上有一只毒蜘蛛在结一张大网。"她咽着嘴角的白沫，使劲回忆着。

走到光荣路，东找西找，又讲记不得了，好像是在红卫路？红卫路已经走过了呀。于是又折回四五里来到红卫路。

"一张大黑门，屋檐上有只毒蜘蛛在织一个大网。"宋婆说。

红卫路上空空荡荡，哪里有发生过大事件的迹象呀？一身汗淋淋的，再走下去，全都要中暑了。太阳已经升到了中天，那水，热得像要把人的脚都烫出泡来。水中浮着大块的黑色泡沫，成群的蚊子跟着泡沫飞舞。许多人都在像狗一样伸出舌头喘气。他们一个个鼓出眼珠瞪着宋婆，恨不能一口吞下。

"怎么回事？"宋婆说，然后佯作镇静地一拍皱巴巴的小额头说："也许王子光果然不是一个真人？"

"臭尸！"

"死猪婆！"

"瘟猪婆！"

"吃多了生事，挖空心思在骗人呢！"

"用软刀子杀人呢！"

揩着脸上的汗，一伙人全爆发了。每一根汗毛都在炸，头皮痒得恨不能揭下来。一想起这婆子居然有这等闲心来骗人，而自己又居然受了这么一个蠢婆子的骗，白白走这么远，就气得发狂。

"这婆子半夜起来吃苍蝇，"刘铁锤鬼鬼祟祟地告诉人，"她有一个捕蝇的纱笼，我看到过她从笼里捉出苍蝇来吃，就和剥瓜子一样放在牙间剥,将翅子和头吐出来。"

"门口结着一个大蛛网,"宋婆还在枉然地辨认着,唠唠叨叨叨地,舔着嘴角的白沫,"有一只野猫横过,阻力大得很呀,黄泥街没希望了。王子光的观点是有来头的。"

他们回到黄泥街的时候,看见区长和朱干事正搂在一起睡在张灭资的茅屋顶上呢,太阳晒着屁股,晒得热气腾腾。两人的屁股上都补着两大块皱巴巴的旧布。

"区长在打鼾呢。"有人兴致勃勃地耳语。

"请注意屁股上的补巴。同志们,这是老革命根据地的⋯⋯"

"嘘,不要这么大声!我建议大家都站在墙边来听一听区长打鼾,看能不能听出点什么。"

"这主意真了不起!"

大家都发疯一样往墙边扑去,挤呀钻呀的,弄出很大的响声,甚至还打口哨,吐口水,乱糟糟的,搞了好一阵,各人才勉强站定,将脖子尽量向屋檐上伸去。

鼾声忽然没有了。听见朱干事打了一个哈欠,大声地说着梦话:"黄泥街的问题如何定性?"然后区长像一只猿猴那样攀缘着梯子下来了。

区长直挺挺地伸着脖子仰着脸,完全没看见躲在墙边的这些人,拐了一个弯,向屋后的茅坑走去。

"区长厕屎呢。"大家恭恭敬敬地说。

一会儿大家就恍惚闻见了新鲜大便的臭味儿。

他们都已经忘记了王子光的事,却记得今天这一天要办的事,就是从区长那里"听出点什么"。大家都隐隐约约地从心底生出一种热切的愿望来，迷里迷糊地感觉到他们所等待的竟是命运攸关的大事。

但是区长一钻进那边茅坑，就老不出来了。

"区长屙了半点钟啦。"

"区长太操劳了。"

"区长将发表什么样的指示？"

"朱干事还没醒呢。朱干事一个月没睡啦，我每天半夜都看见他那盏小灯。"

"听说朱干事的备案工作没法进行下去了，有坏人捣乱破坏。"

"朱干事是一个老好人，差不多和区长一样好呢。"

老郁再一次看表的时候，区长已经屙了一点钟了。茅坑里还是毫无动静，乌黑的布帘子被风鼓得飞扬起来，发出可疑的响声。

大家就地开了一个紧急会议，决定派一名代表去茅坑会见区长。当代表小心翼翼地拨开茅坑的布帘子时，发现里面空无一人。

"区长已经回区里去了。"朱干事在茅屋顶上伸着懒腰，若无其事地说。

其实区长并没回区里去。区长是假装去屙屎，结果却从后门拐进了朱干事的小屋，爬上柜顶，呼呼大睡了。朱干事很熟悉区长这一手，所以他说"区长已经回区里去了"的时候，脸上露着一种奇怪的表情，好像很满足，又好像很厌烦。后来他也假装去屙屎，结果也从后门拐进自家小屋，爬上柜顶，和区长一道呼呼大睡起来。

那一觉竟睡到第二天早上。

第
五
章

大雨

一

胡三老头睡在屋檐下。

那一天热得很。大清早，胡三老头正在做一个梦，梦见一只红蜘蛛，巨大的肚子，细长多毛的腿子。那蜘蛛总是爬到他的鼻尖上来，他连着拂开五次，第六次又爬上来了。刚要去拂，忽然啪的一声大响，把他惊醒了。睁开眼来，发现鼻尖停着一颗大水珠。

胡三老头听着雨响，一动也不动。那雨像爆豆子似的打在柏油马路上，屋檐流下许多条黑色的小溪。雨水先是溅湿了他的衣裳，而后涨到了他躺着的台阶，他的背全浸在水中了。"今年的雨水有些黏糊糊的，还有点咸。"他想道，"像人身上的汗味一样。"他记起那年天上落死鱼，雨水也是这样咸，他还腌了两条大鱼。水不断地涨起来，到傍晚时分，胡三老头的身子全浸在水中了。许多细小的虫子聚集在他的头发上，还往他脸上爬过来。他做着梦，不断地梦见红蜘蛛爬上鼻尖，巨大的、冰冷的肚子压着他的鼻孔，使他呼吸困难。他想用手去拂开，那手竟酸痛得受不了。

"吃！"女儿恶狠狠地跺着脚，弄醒了他。她砰的一声将一大碗饭顿在门槛上，那饭粒里还拌着一些蝇子。

胡三老头撑起身子，端过饭，就在雨中吃了起来，边吃边打臭嗝。吃着吃着，吃出了一股怪味，他停下来了，仔细地盯着碗里，悟出了家里人的险恶用心。原来在那碗底，是埋着一只蒸熟了的大蜘蛛。他的喉咙里发出一声雄鸡的啼叫，然后他觉得脖子上很痒，一摸，发现长满了硬扎扎的毫毛。

"活着有什么意思？活受罪呢。"女儿隔着窗说，定睛看着他。

"胡三老头，呸！"孙子也隔着窗说。

前些日子女儿告诉他，屋里臭得很，有股怪味儿。"太阳把每样东西都晒出蛆来，"她说，气恨地拧紧了眉毛，"一坐下去，扑哧一声，又压死两条蛆。坟山里的葡萄像死人的眼珠一样大，哈！"

后来他就搬到屋檐下来了。屋檐下潮气重，一只胳膊老是痛。他就不去想胳膊，专门做梦。最近以来，他的梦做得特别多，一生的梦加起来都没有这么多。那梦里总是蜘蛛呀、金龟子呀、老鼠呀什么的，从来没有人。

天黑的时候，有一大团软绵绵的白东西浮到了他的脚边，他看了好久看不清，就用手去摸。摸了一阵，忽然摸出是一只人的手臂，一捏，那肉里还渗出水来。"啊……"声音如拉锯。

"人怎么能活八十多岁？这件事本身就叫人想不通。"女儿在屋里说。

他慢慢安静下来，恐怖地睁大昏花的老眼。什么东西从屋檐落下来，吧嗒一响。

"造反派掌权了么？"他嘀嘀咕咕地，磨了磨松动的板牙。

黑暗中有两只通红的暴眼瞪紧了他。那剃头的站在雨中，刀锋在闪电中发出火焰的闪光。

胡三老头打了一个寒噤，迟疑了一下，问："谁死了？"

"那手臂？我昨天剃掉的。"

"来过一个什么王子光。"

"那手臂是谁的呢？这不是骇人听闻吗？"

"这雨水呀，要淹到膝盖了，水里会不会有蚂蟥？我怕得要命，睡在这水里，老是梦见蚂蟥钻到我头发里来吸脑髓。你说一说吧，造反派的希望大不大？"

"你那么怕蚂蟥，我帮你把头剃下来吧。"

"小虫子老是结在头发里，痒得不得了。他们肯定把头发当作茅草什么的了，要是觉出是一个人，就不会来钻的。刚才我差点吃进了一只毒蜘蛛……啊……啊！"

剃头的打了一个哈欠，挑着担子，一下子就消失在雨雾里。

胡三老头还在想，造反派的希望大不大？

街对面张灭资的小屋墙上晃着白光，有窃窃私语从黑洞洞的窗口传出来，那声音没完没了地在耳边响，其间又夹有莫名其妙的怪笑。

天明的时候，雨还是没停，一大群打伞的人围住了胡三老头。老头浑身是水，几条蚰蜒从短头发里挂下来，像是什么头饰一样，手掌和脚掌泡得雪白，上面满是黑色的小洞。

"看什么呀，"他说，"我在数蘑菇呢。我屋里的天花板缝里老是长一种又细巧又光滑的黑蘑菇，刚才又掉了一只下来，这个月是第七只了。昨天夜里我老在想着一个问题，想了整整一夜。"

"应该给老头搭一个棚子，"老郁点点头说，"这个问题会要处理的。雨水里面有很多细菌，泡久了要发偏瘫症的。我要把这个问题提到委员会去。"他做出有急事的样子走掉了。

"委员会，顶个屁事！"宋婆伸出小而尖的脚在胡三老头的肚子上比比画画，"比如说搭个棚子吧，这水不照样进来吗？倒让他住一住那棚子试试看！喂，胡三同志，你对这个问题的前景如何估计？你不能简要地谈谈你的观点么？"

"我在数蘑菇，嚓的一声，第七只就掉下来了，好看得很啊。你们围在这里吵什么？我要听一种声音。"

"一种声音!？"宋婆小眼一亮，"什么声音？"

"雨声呗。"胡三老头低下头去。

大家本来是期望从胡三老头口里听到一点什么，没想到他会打起瞌睡来，于是都很怨恨，很寂寞。

"这雨是怎么搞的，落了一天一夜。刚才我去解手，厕所粪缸里的粪都溢到马路上来了。"

"知了叫个没完，烦死人啦。早知落这么久，我倒不如一觉睡他一个月不醒。"

"都说死了一个女人，手臂剁掉了，扔在河边。我一大早就赶着去看，哪里有呀。什么人在那里造谣。"

"吓死人，这雨下起来没个完，睡也睡不好，梦里老听见什么东西响，倒不如出太阳清静。"

"街上的路基都冲坏了，会不会地陷呢？"

"他们讲地震前也是这么落的，这天色不大对呀，落下的雨也黑得厉害，比落死鱼那年还黑。"

胡三老头摇摇晃晃地站起来，晃了晃头发上的水珠，晃下几条蚰蜒。他想出去找点什么，径直走到雨里去了。

"胡三同志，不要丧失信心呀！不要消极悲观呀！"宋婆一面追赶胡三老头一面喊，"我想跟你讨论这个问题的前景，以及你的观点！喂，你听到了没有？"

二

　　那天落大雨，齐婆堆房里的老鼠咬死了一只猫。

　　一大早，齐婆被爆豆子一般的雨声闹醒，起来拿了一只拖鞋，蓬着头，走到厨房里去打蟑螂。厨房里溢进了一层水。啪啪啪，她踩着水，举起拖鞋打，跳过来跳过去。打下的蟑螂都浮在水里，动弹着腿子想翻转来。一掀开菜板，又爬出十多只，扑上去又打。蟑螂繁殖得特别快，油啦，米啦，菜啦，总被蟑螂吃过了，还遗下许多粪。有的小蟑螂还躲在锅盖缝里，一煮菜就掉进去。齐婆每天早上都要打蟑螂，边打边咬着牙骂，下手又狠又准。打死之后还用脚使劲去碾，碾得满屋蟑螂气味。她不爱扫死蟑螂，总让它们留在地上，积起厚厚的一层，进一次厨房脚上就要粘三四只。一出厨房，发现脚板底有死蟑螂，齐婆又要大惊小怪，当即脱下鞋下死力敲，敲得惊天动地。隔不多久她就敲断一只鞋底。

她的男人在里屋钉老鼠夹子，哐啷哐啷地轰响着。他每天钉一个鼠夹子，将拌了药粉的肉片放上，去药老鼠。堆房里的老鼠成了群，一个个都大得吓人。那些老鼠又十分狡猾，从来也不吃鼠夹上的肉片。"早晚要咬死我们。"齐婆懊恼地说。果然有一天，一只大老鼠爬到了床上，将她男人的耳朵咬穿了。从那时开始，他男人就开始钉鼠夹子，每天早上钉，钉好了放在堆房里。第二天早上去检查，没夹到老鼠，就又拿下来，拆了重钉。夜里听见猫的惨叫，清晨去收鼠夹子，看见被咬死了的猫，血迹斑斑的，喉管断了，胆也穿了。齐婆男人收了鼠夹子，嘀咕了一句，那肉片掉下来了。"落雨天的老鼠特别凶。"他思忖着。

"天爷爷！"齐婆在堆房门口出现了，"什么年头！这种老鼠是要吃人的，这种老鼠，哪里是什么老鼠……"她说着，想起来一个什么重要的问题，就不再管老鼠的问题，转身走出屋，到杨三癫子家去了。

进了杨三癫子家，咣当一声坐在竹靠椅上，大声吆喝："社论学过了么？吓！这天黑得吓死人！"

"什么社论？"声音在墨黑的蚊帐里嗡响着，他还没起床。

"抓党内一小撮呗。"她凑近蚊帐，悄悄地说，"我家的老鼠，把一只猫咬死了。我想来想去想不出这到底是怎么回事？喂，你认为是怎么回事？关于王子光案件，我跟朱干事整整辩了一个月啦。有一个意外的发现：他家的墙上有一个洞。就在屋檐底下一点，靠窗子的角上。"

"一个洞？"

"对呀，一个名副其实的洞！像黄豆那么大的洞。自从我第一个发现他家墙上的洞以来，我每天夜里都在他的房子周围巡逻，不停地敲窗子提出警告，累得精疲力竭。我觉得那个洞已经被人利用啦，在这种情况下，备案工作的保密性已经完全不存在啦。因此我认为备案工作应立即停止！请你想一想这个道理就明白了，为什么老鼠能咬死猫？"

"形势有了新的希望么？"杨三癫子从帐子里探出眼屎巴巴的脸，"这雨呀，黑得就像泼下的墨。"

"这雨就像落死鱼那回一样黑。你知道区长为什么回区里去了吗？一想到这件事，我就觉得悲观失望，心灰意懒，连工作也不想干啦。请你回忆一下：他拍拍屁股就走啦。这意味着区长对黄泥街看透了！这些天来，我老在想着区长那次关于老革命根据地传统的讲话，有时我想着想着，就学区长的声音做起报告来啦。我看要解决黄泥街问题的关键只在一个字：剁！"她将手掌剁在油污的桌上，发出一声大响。

"剁什么？"杨三癫子在蚊帐里打着冷战。

"剁腿子呗，这是很明显的。关于墙上的那个洞，你不用担心，我已经用黏土把它塞死了，不过备案工作完全没有理由再进行下去了。"

"我一直搞不懂这个问题：干吗不能是一只黄鼠狼？完全可以是一只黄鼠狼嘛！我想来想去，想得脑袋都肿起来啦。这些日子以来，我一直在昏昏地睡，你不觉得我的脑袋看上去像一只馒头吗？"

"许多迹象已经指明了问题的本质，我们这里没有中庸之道的立足之地！"齐婆威胁着气恨恨地走出门。

雨下得阴沉沉的。齐婆走了一段路，又回转来窜到杨三癫子的窗户下，掏出一把削铅笔的小刀，在木板壁的缝里撬起来。撬了好久才撬出一条细缝，她很不满意地屏住气朝里面窥看。看了一会儿，叹口气站起，朝齐二狗家里走去。

"社论学过了吗？"她大声吆喝，在张嘴的一刹那明显地闻见了自己口里隔夜的口臭。

齐二狗趿着鞋站在屋当中，大张两臂用力打出一个大哈欠，说："这种天，什么天，落呀落………你好早呀，雨声烦死人啦。"他想起来一件事，走近两步，凑着齐婆的耳朵悄悄地说："隔壁宋家昨夜闹了一夜。"

"闹什么？"齐婆跳起来。

"吃蝇子呗。被她男人捉住了，讲是要赶她出门，就打起来了。"

"这几天有疯狗窜到街上来，夜里千万关好窗。"

"捕蝇的笼子都被她男人甩到马路上去了。昨天我看见落下的雨里有蚂蟥，爬得满地都是。本来我以为关了门就没事了，没想到照样爬进来，嘻！千万不能打赤脚呀。"

"我有一个意外的发现：朱干事的墙上有一个洞。总之备案工作的保密性已经完全不存在了。一大早，我家堆房里的老鼠咬死了一只猫。我男人正在钉鼠夹子呢，这已经是第五十四只夹子啦。这雨落得真凶，这种天是要死人的。当然，关于墙上的那个洞你不要担心，我已经用黏土塞死啦。"

"区长怎么会一甩手就回区里去了呀？黄泥街究竟是什么性质的问题呢？我总认为那一次如果我们行动果断一点，拦住了区长问个明白，如今心里也就有了底了，也用不着这么瞎猜乱想了。现在都说活着真是没意思极了。有人想来想去想不通，已经生起病来啦。比如我吧，自从那次区长来过之后就一直躺着，睡到现在，我觉得现在顶顶乏味的事就数活在这世界上了，真不知我是如何挺过来的。昨天老郁动员捉蟑螂，大家都打不起精神，到现在还无人行动呢。"

"有人想要蛊惑人心……我老是回忆起区长的讲话，时常不知不觉的，我就误认为自己是区长啦。昨天夜里睡在床上，我就在蚊帐里学起区长的声音来啦，我讲呀讲的，讲的全是党内的问题，还涉及了王子光。我看许多迹象已指明了问题实质所在。"

"隔壁宋家……你这就要走了？"

"请在夜里关好窗。落雨天到处都在长出蜈蚣来。"

在屋檐下，看见雨雾中老郁歪歪斜斜的身影。"嘭嘭嘭……"雨打在油布伞上，沉重地轰响着。天一下子又黑了，好像天还没亮过似的。

"怎么样？"影子移近来，悄悄地说。

"快走吧。这天昏得厉害，像是在夜里，我的眼皮从早上跳到现在！什么怎么样，黄泥街没希望。"

"昨夜我又梦见蜈蚣了。我觉得我们这里是一个地洞，老是不停地长出蜈蚣呀、蛞蝓呀这些东西来。这雷呀，像要劈死什么东西一样。一打雷我的膝头总发软。"

"我现在琢磨出区长的意思了。我这么琢磨来琢磨去，就琢磨出来啦。我这就把我心里的大秘密告诉你，你千万别和人讲。

区长走掉的那天晚上，我看见他睡在朱干事的柜顶上呢。朱干事的墙上有一个黄豆大小的洞眼，那洞眼只有我知道，我就是从那里望见的，当然现在那个洞眼已经被我塞死了，一点也看不出来了。当我从洞眼里看见区长在睡觉的时候，真是又惊又喜！原来区长采取了一种策略。这件事你千万别和人讲，这关系到备案工作的保密性……"

"这天黑得看不见了，要有手电照一下就好。什么东西直往我套靴里钻，可千万别是毒蛇。你听说了雷公爷烙字的事了吗？最近谣言很多，我老婆夜里怕得要命，总是钻到床底下去睡，讲是如果有人来谋杀呢？又讲城里疯狗咬死大批人了。你没注意宋婆家里的灯？"

"灯？"

"昨夜亮了一夜的灯，我在她家门外转悠了一夜。我还朝她家后房扔了几粒石子进去。当然谁也不知道是我干的，他们还以为是风刮的呢。"

"听说是为吃蝇子的事。"

"谁相信呀。以前这里有个人背上老是流猪油出来，就有人说他是吃肉吃的，但是谁也不信！我要把这事提到委员会去。"

"一大早，我家堆房里的老鼠咬死了一只猫。"

"我要把那件事备一个案，提到委员会去。"

那电光凶狠地颤动着天和地。两人的脸都在电光里变成青面獠牙。昏黑中，听见剃头担子叮叮当当地响过去。黄泥街像一摊稀泥似的化掉了。街头那盏小灯像是浮在风中飘动的鬼火。

三

从早上发现老鼠啃穿大衣柜后，老郁就一直在烦躁。刚刚坐下来吃饭，就有人来报信，说胡三老头发疯了，爬到炮楼的屋顶上去蹲着淋雨，用竹竿打也打不下来，已经把屋顶上的瓦弄了好几个大洞。

夜里墙根老是窸窸窣窣地响，一响，他就梦见蜈蚣，又梦见雨把墙泡垮了。他老婆害怕起来，就钻到床底下去睡。睡了一会儿又爬出来，抱怨床底下有蜘蛛，蜘蛛总往脸上爬，拂也拂不掉，把手往墙角一伸，又触到蜘蛛的腿子，唠唠叨叨，说着说着就要来开电灯，说开了灯睡心还安一点，有什么东西爬到脸上也看得见。一开灯，老郁更加睡不着了，一团刺刺得太阳穴直跳，恨不得破口大骂起来。闹了一阵，一身都湿透了，像是那雨落到床上来了似的。刚一睡下，窗纸上又显出一个男人的头影。那人用指头敲得窗棂咚咚地响。老郁壮着胆摸黑走到窗前，压低了嗓子问："谁？"

"我。"原来是齐二狗，"睡不着，烦死了，走来走去就走到这里来了。我要表白一件事情，这关系到我的生死存亡问题。"

"啊？"

"关于上次那番谈话，你会不会产生什么误会呢？我决计来向你表白一下。"

"谈话？"

"对，正是谈话！这事压在心里，我总在想来想去的，就怎么也睡不着了。"他的声音变得急煎煎的，将窗纸震得嗡嗡地响起来，"我现在不断地下死劲回忆，在上一次的谈话里，我是不是讲了什么不对的、可疑的话啦？糟糕的是我的记忆坏透了——什么也记不起来。这一向我可被这件事害苦了，我想得神经衰弱，难受死了。我有一种大祸临头的感觉，认为那次谈话会彻底毁了我自己。"

"等一下，"老郁不耐烦地打断他，他现在浑身是汗，特别受不了这种热烈情绪，"你好像提到一次什么谈话？我怎么一点也记不得了？"

但是他是那样的兴奋，根本没注意老郁的提问，他说："昨天晚上临睡的时候，我脱下袜子，忽然脑子里出现了一个极好的主意：我应该做一次彻底的表白！这个主意是在我脱下袜子的刹那间钻进我的脑袋的，我怎么也没料到我会想出这么聪明的主意来。这样一来，不管我在上次的谈话里讲没讲什么不好的话，只要作了表白，心里就踏实了。这个主意一钻进我的脑子，我就像得了救似的，高兴得睡不着了。后来我就穿上了衣服，在街上走来走去的，这才走到你这里来啦。你对我如何看？啊？"
他那细长的身子在窗纸上映出来，像一个鬼影。

"要防止矛盾的转化。"老郁隔着窗户不动声色地说。

"我感到这是唯一的机会！"他像打摆子似的磕着牙齿，在窗外踱起步来。他的脚步十分轻，简直就没有任何声音。

"人人都有污点。"老郁注视着那个细长的影子，一个字一个字地说，说完还龇了龇牙。

"你现在已经完全谅解我了？是不是？好，这一来我心里就轻松多了。"他还在唠叨下去，"你知道一开始我的想法吗？一开始我认为谅解简直就不可能！所以那时我也没想到要作表白。我是这样估计的：我找人表白，但得不到任何反应，所有的人都不承认听见我说了什么，而我就只好一辈子提心吊胆，永远没有机会表白了，那我的处境……"

"当然，你什么也没说过，干吗要检讨？"老郁冷冷地打断他，他身上汗如雨下，更加忍受不了这种热烈情绪了。

"什么？你这样看吗？这么说你什么也没听见？这么说我没希望啦？我完蛋啦！救命！"

他用力敲着窗棂，一直敲到天亮，搞得老郁要发疯。

在那个雨天里，老郁一直在等委员会来人。

杨三癫子问老郁："委员会究竟是个怎样的机构？"

"委员会？"老郁显出深不可测的表情，又重复了一遍，"委员会？我应该告诉你，你提的这个问题是一个很深刻的问题，牵涉面广得不可思议。我想我应该跟你打一个比方，使你对这事有一个大概的了解。原先这条街上住着一个姓张的，有一回街上来了一条疯狗，咬死了一只猪和几只鸡，当疯狗在街上横冲直撞的时候，姓张的忽然打开门，往马路上一扑就暴死了。那一天天空很白，乌鸦铺天盖地地飞拢来……实际上，黄泥街还有一大串的遗留案件没解决，你对于加强自我改造有些什么样的体会？唉？"

他打着伞出门时，雨水已经涨上了台阶。

"胡三老头呢？"他打着喷嚏问梁小三。

"哪里有呀。刚要用钩子去钩，他就跳开了，屋顶上的瓦已经糟蹋得不成样子了。"

"哪里这么臭？"

"厕所里溢出来的粪吧。水里到处是粪，要发大粪病的。"

他顶着雨走到街口，站在一个棚子下。昏黑中出现两个模糊的影，他大声招呼："喂！委员会吗？"

影子往路边一窜，不见了。雨打在伞上，嘭嘭嘭，越来越响，越来越吓人。

街上乱糟糟地闹起来了。梁小三来报告，来了偷鸡贼，一连偷了十多家。现在大家都躲到阁楼上去了，因为听说偷鸡贼是一个亡命之徒。

"委员会总没来人？"

"嘘！"梁小三打了一个手势，"别这么大声。你还没听说呀？城里那个委员会没有了。上面来了电报，讲那是个假委员会，里面从来没有人，只有一个卖擦牙灰的老头，所谓委员会全是他搞的鬼，骗钱的。上面来人捉拿他的时候，他化了装，把擦牙灰擦在脸上，混在人堆里逃走了。啧啧，这种人真厉害！"

"你不认为这里面大有文章可做吗？呃？该死的雨，什么东西全泡烂了！从前有个姓张的，异想天开，结果自己扑倒在地见鬼去啦。黄泥街人是不是吸取了充分的教训，在思想上有了一个清晰的认识？哼！"

他这么斩钉截铁地说话的时候，就感到背后的什么地方发出一种含糊的、可疑的、近似窃笑的声音。他立刻觉得浑身很不舒服，像是长出了许多痱子似的。他转身去寻找那发出声音的地方，找来找去，发现自己进了宋婆家。

他阴沉地板紧了脸问："夜里睡了个好觉？"

"睡下去简直就和死了一样。"婆子头也不抬地喝着稀饭说，"蜈蚣又扰得你睡不着了吧，你家里蜈蚣怎么那么多？天快亮时，我听见了这地喝水的声音，咕嘟咕嘟，正和人喝茶一样。天一亮地就喝饱了，到处就都涨水啦。"

"夜里没听到什么响动？"他凑近婆子，将口臭喷在她脸上。

"什么响动呀，一睡下去就和死了一样……这雨呀，会不会落死鱼？你这就走吗？"

"你这屋里好臭呀。

"是呀，厕所里的粪溢出来，把什么都搞臭了。早上我炒香肠，发现肠衣里夹着一节粪。听说城里有个委员会，这种岂有此理的事为什么不管一管？"

"对于委员会的事你如何看？"

"什么委员会呀？我还是刚听人说有这么一个委员会呢。"她不屑地嗤了一下鼻子，"这种事谁能说得清！我并不想管这等闲事，弄得自己徒生烦恼。我想也许根本就不存在什么委员会，只不过是坏人造谣罢了，我活了五十三，从来也没见过什么委员会，是不是又要发大水了？上次发大水，听说有个委员会在河底开会来着。我想，这种事我们就只当它放屁！你这就走吗？"

四

　　都说这雨是一场怪雨，落下来像浓黑的墨汁，还有一股臭味，像留泥井里的污水那种味儿。往年也落过些怪雨，比如落死鱼啦，落老鼠啦，但从来也没落过这种雨，这么黑，这么臭，落起来没完没了，没完没了。"我们是住在一个大留泥井里。"老人们看着天，想起了这个比喻。一说了就担起忧来，唉声叹气，好像这就活不成似的。

　　那天早上，宋婆将捕蝇笼子里的蝇子一只只剥好，去掉头和翅子，准备到厨房去炒来吃。一开厨房门，就见黑水涌出来，上面还浮着大块的瘀血。里面已经聚了没膝深的水，水里躺着一具尸体，正是她父亲。厨房里的血腥气使人头昏，蟋蟀凶险地叫个不停，死尸怪样地张开嘴，露出黑黄的大牙。宋婆弯下腰捏了捏死人冰冷的胳膊，沙哑着嗓子喊："喂——喂——"丈夫和儿子们迟迟疑疑地过来了，他们像几段木桩子似的立在那里，都怕得要命，谁也不敢正眼望水中的尸体。

"昨天夜里有只蛾子掉在帐顶上。"男人不合时宜地说，说过就忽然变得忸怩起来，跨踏着往湿漉漉的墙上靠去，不安地踢着水。这当儿两个儿子已经神不知鬼不觉地从门缝里溜走了。

"说不定是老鼠咬死的。"宋婆定睛看着尸体说，"齐婆家里的老鼠到处伤人。这种事谁说得准呢，也可能是他活得不耐烦了。"

"这种天气我的耳朵里老长疖子。"男人又说，一边挪动脚步，打算也从门缝里溜走。

"你别走，我们商量一下。"宋婆望也不望男人，却早已察觉他要溜走的念头。她一步跨过去，用背抵住了门。

后来两人蹲在灶台上，叽叽咕咕地商量了老半天，决定做一只叉。叉做好后，两人合力将死尸的喉咙叉住，用力抵，抵到了马路上。大雨立刻将死尸头部的瘀血冲洗干净了。

三个月前，这七十岁的老人忽然说他要搬到厨房去住，一边说就一边提着他那一卷破烂，像屎壳郎一样滚进去了。厨房的角落里有一堆草，他就把那一卷破烂铺在草上安顿下来。从那天起他就不出门了，连吃饭也不出来。家里人吃完饭把盆碗拿到厨房里，他立刻扑上去，用发黑的指头捞锅里的剩饭吃，也不要菜，就喝些洗碗水。自从老人搬进去后，厨房就变得脏透了，一股尿臊气直冲鼻孔。每天夜里，他总把大便厕在倒水的池子里，说是坐在马桶上厕不出。那大便总要在池子里留一晚，到第二天宋婆起来做饭才冲掉。日子一久，厨房里就长出一种极细的黑蚊子，成群地飞来飞去，到厨房做一次饭总被咬得满身疙瘩。

厨房里一弥漫起柴烟，他就蹲在那堆草上使劲地咳，咳出大口黄痰吐在地上。他的耳朵极灵，只要听出屋里有人，就沙哑着喉咙哀哀地喊："来人呀……"一问呢，又往往是些鸡毛蒜皮的小事：稻草太硬啰，地上有蜈蚣啰，喉咙被痰堵塞了啰，掉了一颗牙啰。起先听见喊，家里人还去看一看，上了几回当，再也没人去了。他有一把铁铲，藏在棉絮里，夜里抱着睡。他以为藏得很好，时常佯装没事似的坐在破絮上，其实家里人都清楚，不过懒得揭穿他罢了。

不久宋婆就发现这老家伙的怪形迹，夜里家人都睡了，他就用那把铁铲在房内这里铲一下，那里铲一下。有两次还发现他像一条老狗一样趴在地上，将耳朵贴着她房门的门缝，凝神细听。

"父亲，你听什么？"宋婆开开门，小脸难看地皱起来。

"蟋蟀叫得真凶呀，什么东西老在我头顶上游来游去的……"他讷讷地说，像屎壳郎一样爬着，缩进了厨房。

从发现父亲的怪形迹那天起，锅里的剩饭就越来越少。后来老人饿得熬不住，竟到屙过大便的池子里去拣饭粒吃。老人一天天衰弱下去，终于缩在那堆草上面，一点一点地干枯了，变细了，不注意看还以为是一堆破布堆在那里。宋婆的脾气一天比一天躁，有一天说着说着就冲进了厨房，顺手抓了一根棍子，朝那堆破布样的东西乱戳了一顿。发过那顿脾气之后，锅里就不再有剩饭。奇怪的是这老人总不死，每当大家以为他死了，凑近去瞧，破布偏又动两下。

"家里有这样一个瘟神，就别想发财！"宋婆硬铮铮地说。

"这是什么性质的问题？唉？"男人也在旁边睡眼蒙眬地说，"我觉得这不是一般的是非问题了，这里面有些不对头的东西，远远超出了一般的是非范围。会不会与王子光事件有什么牵连？听说剃头的又在我们房子周围转悠，昨天我在茅坑里，就有人从上面扔了两块石头进来。我整天都在注视事态的发展，紧张得要发心脏病啦……"

那天夜里，老人忽然像马一样嘶叫起来，叫个不停，搞得全家人气得发疯，都从床上爬起来了。打开门来问他，说是一只腿陷进稻草里面去了，草里有几条蛇围着他的腿子咬，哀求着要人帮他把腿挪上来。当然是谁也没帮他挪，都转身回房睡觉去了。刚一睡下，他又嚷嚷要吃橘子，说家里藏了一箱橘子，都躲着他吃。

"我这里有一只蝎子，或许你要尝一尝？"宋婆假惺惺地说，挤出一个笑脸。

"什么东西在头上转悠……"老人迟疑地说，害怕地往后退。

"臭狗！"

"有一个东西……也许并没什么东西……当然，我一点也没看清楚，我完全搞错啦。"

宋婆分明看见那握铲的手在抖，那双手像鸡爪一样细瘦，发青。

男人不知什么时候起来了，抱怨着耳朵里面的疖子又肿起来了，啪嗒啪嗒地拖着鞋子走过来指指点点地说："对于这个问题我不是早就说过了吗？这不是一般的是非问题。关于昨天那两块石头，刚才我又做了许多怪梦，这会儿心脏又痛起来了。我怀疑扔石头的事是一个阴谋，我已经下定了决心，要查它一个水落石出。我们是不是有被人算计的可能？"

宋婆跳起，夺过铁铲，铲垃圾似的向那一堆黑黄的东西铲去。她感到铁铲碰碎了一只蛋壳，发出喳喳的裂响。

这当儿男人已经悄悄地溜回卧房，躺到床上用被子蒙住头，一下子就做起梦来了。

"草里面真的有蛇么？他撒谎呢。"宋婆想着，走过去用铁铲拨开稻草，仔细地查看着。成群的蚊子从草里飞出来，在昏黄的灯光下跳舞。那时墙上的挂钟敲了两点，宋婆清楚地记得。外面雨下得很猛，屋里热得不得了，屋顶有个洞老在滴滴答答地漏水进来。她走出去关紧了房门，还插上了闩，然后小心翼翼地回到房里躺下，一直睡到天明，一个梦都没做。

早上，宋婆大声呵斥着男人。后来两人一起将马路上的尸体塞进一只大纸箱，捆好，抬到河边，轰隆一声扔进了河里。当时雨还在下，他们在回家的路上碰见了王厂长。王厂长正从袁四老婆的窗眼里爬出来，赤条条的，只穿着一条细小的三角短裤，呼哧呼哧地喘着气站在屋檐下。

"请你们两人写一个意见书，"他腆着大肚子威严地说，"对于这条街上的垃圾问题，你们能不能提出什么合理化的建议？唉？我正在搜集下面的意见，打算反映到区里去……喂，别跑！站住！！"

两人吓得抱头逃窜，也不知怎么窜到防空洞里面去了。

他们在防空洞里待到半夜才潜回自己的小屋。

"他是吃钉子吃死的呀。"宋婆和黄泥街人说，"人一老，就生出一些意想不到的怪癖来。起先我还不知道，只听到他抱怨屙屎屙不出，痛，马桶也不能坐了，就屙在倒水的池子里。后来有一天，我看见他把一枚锈钉子往口里送，我夺过来扔掉了，一看他的大便里尖尖戳戳的全是钉子，真恶心呀。"她咳起来，弯下腰，说"胸口疼"。

"人活得不耐烦了，就生出许多事来。"齐二狗说，"我有一个亲戚，活来活去活得不耐烦了，就每天坐在茅屋顶上，向过路的人吐唾沫。后来他忽然变成了一个大法师！"

然而大家还不满足，又去问宋婆男人。男人正蹲在一个大衣柜里面，用一些破布蒙着头在发抖。（自从老汉死了之后，他忽然害了恐惧症，一发作就大喊大叫，躲在衣柜里不肯出来。）听见人进来，他就在柜子里面生气地说："同志们，你们对于这种迫害有什么感想？这不是一个置人于死地的圈套吗？关于那两块石头的事，我要向上面汇报！"他威胁地将柜门播得砰砰直响。

后来黄泥街的人们对于宋老汉的死得出结论，一致地说："他是想成仙，爬到屋顶去升天，摔下来摔死的。这老东西真痴心妄想。"

也有个别人说是雨水泡死的。

五

那天中午，雨停了一会儿，天仍是那么黑压压的，好像天垂到了屋顶上。齐婆躺在床上想："雨停了，反而又睡不着了，会不会打雷？"外面果然打雷了，把天花板缝里的蟑螂都震落下来，掉在帐顶上，她记起夜里的一个梦：一个雷落在"清水塘"里，立刻浮起几百只死猫，天上闪着红光，塘边那几棵枯树蓝幽幽的，像在冒烟……翻了一个身，老是听见老鼠把墙角啃得嘎吱嘎吱响。昨天，整天她男人都在嚷嚷，说这雨要落到十二月份去，决不会停了，边嚷边冷笑。齐婆看出来他希望这雨老落下去，目的是把后面房里那堵墙泡垮，每次只要一落雨，他就用大皮靴猛踢后面房里那堵墙，大声嚷嚷："怎么还不垮！"如果有谁提出异议，他就赌咒发誓，说这墙一定会在夜里垮掉，压死一个人。又说他已经把墙根刨松了，只等打雷就大功告成。现在她男人正在磨刀，磨了好久好久。她从大柜的镜子里看见他扬着刀，扮出各种各样的砍杀姿势。

"喂！"她起身问。

"割耳朵去。"他做了一个鬼脸，又扬起手里雪亮的刀。

"谣言不可信。"她迟疑地说。

"夜里有只鸡钻到了床底下，"他将刀锋在她眼前亮了一亮，"我没开灯，一刀就剁去了鸡脖子。"

"谣言……"她又说，忽然瞥了一下男人腰间的刀，头发立刻像刺一样竖起来。"杀人啦！"她疯跑出去，边跑边喊，"同志们谨防谣言的恶毒中伤呀！"

黄泥街人像老鼠一样从黑洞洞的小屋里钻出来了。

一见面就意味深长地微笑着，一偏脑袋，一伸舌头，细声说："嘻，看见了？割耳朵！"

"割得好！好汉子！"

"老郁说这事要报告委员会。"

"哪里还有委员会呀，卖擦牙灰的老头都被人打死，扔在河边了，果然割干净了？"

"还用说，干干净净。"

"呸！什么干干净净，还留了半边，说是要等下次来割的。"

"我家墙角长黑蘑菇了，都是这雨落多了，沤出来的。"

"不知耳朵割了还能不能长出来？那一年曹子金切菜切掉了大拇指，第二天早上就长出来了。"

有人提议去杨三癫子家看，大家都欢天喜地地涌到杨三癫子家里去。

那门上锁了一把大锁，八十岁的老妪摇摇摆摆地走过来，揉着烂红眼，挥一挥手说："他哪里还有脸活在这世上呀？早就化掉了。早上回来就说会有人来看，倒不如自己化掉，干干净净。我掀开被单一看，哪里有人呀，只剩一摊血水，被单上还抓了一些血指印。化起来恐怕是很痛的。"她摊开手，然后就装模作样地抹起眼角来，眼角一挤，眼里就充满黄色的眼屎，像挤了眼药膏一样。

"这就化掉了？一点也不留下？真可惜呀。"众人也装模作样地说，然而还赖着不走，想要看出个究竟。

忽然有一天，刘眯子在大热天里戴起了棉帽，还把护耳扣得严严的。

整个黄泥街的男人都戴起棉帽了。

流言在黄泥街泛滥。

街上来了一个瞎老头，这里走走，那里走走，找什么东西。有人看见他藏着一个破瓦罐，里面装满了耳朵，血从罐子的边缘流了下来。

"王子光案件搅得人心惶惶！"老郁戴着棉帽当街演说道，"我认为关键在对委员会的态度上。近来有种流言，说委员会是个虚假的机构。我将引用大量的事实来驳斥这种卑鄙的污蔑。我奉命告诉大家：城里委员会正在正常进行工作，任何人都不能对委员会的作用产生怀疑，丧失信心，以至于自暴自弃……"他讲得汗流浃背，耳朵在棉帽里肿起老高。

有一天，人们传说区长到黄泥街解决流言问题来了，于是都挤在朱干事家门口，把门擂得咚咚直响。

"你们打算干什么？"朱干事伸出头来。

"区长在里面没有？"

"我们想见一见他，想得实在熬不住了。"

"嘘！"朱干事竖起一根指头，"区长伤风了，正在柜子里裹着呢。你们可以见一见他，不过要悄悄地、一个一个地进来。"他说完就拖了一个人进去，反手把门闩上。外面的人等得不耐烦，都一个劲地敲呀，挤呀，把门都差点弄破了。

"请你从这条缝里瞧！"朱干事指着柜子上的一条缝对他说，"他也许快睡着了。我老是闹不清他是不是真的睡着了，他平时就总这么操劳。好啦，别不知足，老盯在那里，你出去，再叫一个人进来。"

"区长已经来了一个星期了，"朱干事对第二个人说，"也不知怎么回事，不停地闹伤风，闹了一个星期了。我只好把他用厚棉絮裹紧，锁在柜里。听说这一向外面的流言很猖狂？喂，你别贴得那么近好不好？会把区长弄醒的。行啦，应该知足……"

那一天区长在柜里接见了所有的人。

后来齐婆男人不再做鼠夹子了，每天一早就蹲着磨那把刀。

"有人要来割你的耳朵了，你没听到流言？"齐婆幸灾乐祸地说，将一团干脚泥在掌心搓成球，扔到嘴里，喳喳地嚼得响，"昨天有人看见，杨三癫子又长出两只小耳朵。现在人人都在议论说，割了耳朵不要紧，只要在雨里浸一浸就又长出来了。"

男人低了头在用力磨，不时用手试试刀锋。

"你总是吐些痰在墙角，这屋里的蚊子都是从你的痰里面长出来的。"她将口里的泥唾到男人宽阔的背上。

男人动了一下身子，齐婆吓一跳，往门旁跳去。

"近来你总是出大汗，臭得不得了。"她狠狠地咽了一口唾沫，"说不定有哪一天没提防，一下子就暴死了。张灭资不是一下子就暴死了吗？宋老头也暴死了，还不是出多了汗，又叫雨一泡……"

"我的肠子边上长出了一团绿东西，"男人指着肚脐边上的肚皮说，"看，这不是？一根肠子已经烂了一个小洞，这边上还有些绿斑点。刘保法师上个月说我死不了，会要老活着，我一想到这点就高兴得直打哆嗦。昨天夜里那只鸡钻来，我就有种预感。我实在看也没看，一刀就剁去了它的脖子。当时它还扑腾了几下呢。"

男人扔了刀到后面去了。

传来烂菜叶那种恶臭。

黄泥街的男人们仍旧戴着棉帽，因为那个收耳朵的老头子总在街上转来转去的，叫人不放心。都讲这种日子怎么过呀，天天戴着棉帽热得直发昏，所有人的耳朵都肿起老高了。

老郁说城里会派调查组来，男人们才稍稍宽了心，盼望调查出制造流言的坏人，搞个水落石出。日子就在盼望中打发掉了。

隔了一阵子人们就说起：

"调查组快来了呢。"

"黄泥街的问题上面心中有数。"

"不久就要大快人心了。"

但调查组不知遇到了什么阻力，总也没来。

过了好久，才听得茅厕边上齐家的齐二狗说起，流言全是他一个人放出的。不过，他是根据上面的一种特殊授意行事的。

流言中提到的杨××并不是杨三癫子，却是好几年前就中风死了的捡破烂的杨老头。至于耳朵，齐婆男人割的并不是人的耳朵，只不过是两只狗耳罢了，也是上面指示要他割的，还得了二十元赏钱。

割耳朵的事总算没有了，齐二狗这家伙干吗不早说呀？

第
六
章

拆迁

一

那是一个多风的季节。

风一刮，人的眼就迷蒙了，看什么东西都影影绰绰的。

人在风中走，像被风刮着飞舞的一团团破布。

黄泥街人坐在屋檐下，用手挡着灰，眯细了小眼看天色。风这里抓一下，那里抓一下，把人心里抓得乱糟糟的。

宋婆仍紧紧贴着墙，大声说："这风刮得这么狠，要出事的呀！"

果然有一天，一个过路的被灰迷了眼，风刮着他，掉进了下水道。那人从早到晚不停地喊，喊得黄泥街人害怕极了，谁也不敢从那里过。过了几天，不喊了，大家都奇怪他怎么不喊了？

"有人看见掉下一个人。"

"谁能肯定是一个人呢？说不定是猫或其他什么的。"

"还有人听见底下喊了，不过这也很难讲，如果是幻觉呢？

幻觉是时时可能产生的呀。"

不久他们就用一种只能意会的语言模模糊糊地议论起一件事。那种事是与一种大祸临头的感觉有关，并且是在暗地里发生的。那是一件表面上完全看不出的事。忽然有一回，胡三老头喊出一句梦话，似乎接近了事实的真相，又似乎还隔得很遥远。当时胡三老头将马桶弄得吱溜一响，咕噜出两个字："拆迁?"大家心头一震，陷入了沉思。

立刻人心恐慌。

那天夜里，风刮了一夜。屋顶横梁一作响，齐婆就做起噩梦来。她老是梦见一个没有脸部的人在俯身掏她的肠子，一条条往外扯，血糊糊的，睡不着，索性起来，打开门，到外面蹲着。

一条黑影从屋后闪出来。

"老嫂子，深更半夜等人么？总也等不来么？哈哈！"原来是齐二狗。齐婆恍然看见从他那阔大的嘴里飞出一群蚊子。他蹲下来，皱起眉头倾听了一会儿风的怒叫，压低了喉咙说："这风刮到很远去了。我在床底下养了一盆仙人掌，原先开花了的。昨天夜里我怎么也睡不着，就开了灯把仙人掌拿出来看，嘻，那花已经黑了！当时城里的大钟正好敲了三下，我怀疑起来，就这里那里地看一看，一走进厨房，就看见猫死在地上了！喂，告诉你，千万别贴墙走路，我听见地底下有响声。"

齐婆在黑暗里把手伸到墙根抓了一把土，放在口里嚼着，又点燃了一支烟，吸出一闪一闪的红光，沉思地说："这风刮得我心里不安，我总觉得像住在石头山上。近来总是梦见塘里漂上死猫，那些树冒着烟，像是被烧过一样……都说市里来过人啦，来干什么呢？有人看见他们在什么地方埋了一只靴子，也许并没看清，埋的竟是秘密文件？"

"哼，你知道我夜里干吗出来？有人亲眼看见黄泥街有一个陷阱，大得不得了。只要时机一到，整条街全会陷进去。究竟挖在哪里？我东找西找，怎么也找不到。这里面肯定有阴谋，夜里你没听见响动？"

"近来我总被那只死猫缠住。江水英大脚趾上长出了鸡爪，你去看过了吗？"

"那陷阱里放着一架骷髅，你不要告诉人。"

"当然。那鸡爪上还有指甲，脏透了，你不去看？"

"另外还有一对小孩的眼珠，你不要告诉人。"

"她还很得意，伸出那副爪子给人看，像是看什么稀世宝贝。前不久还搭信来要我去看，呸！别污了我的眼珠！真可惜，你没看到，那可真是恶心得很。"

"近来你听到一种言论没有？我的意思是你睡得迷迷糊糊的时候（比方早上要醒的那一刻），想出来一些事情没有？比如我今天早上，就看见了一只红猫，你说怪不怪呀？当时我想躲，那畜生一下就窜得不知去向了。你真的没听说吗？啊？"

"什么？"

"言论的事。"

"江水英果然是一个婊子，我有许多真凭实据。"

"言论里好像提到'拆迁'两个字。当然究竟是什么字我并没听清。"

"啊？！拆迁！！！喝血的！贼！啊呀呀！"她一下子蹦起，

忘了害怕，迎风大喊起来："同志们，我们被人暗算了！"

风刮了一夜，到早上还在刮。

人们带着满身噩梦从床上爬起来，趿着鞋，泡肿着眼走到屋檐下来。

到处都吹得唰唰大响。风把谁家屋顶上的杉木皮卷走了，风把谁扔在街边的破席吹走了，风把满街的垃圾吹得团团转，风把一张窗纸吹坏了，又把破纸片吹上了天。这风真怪，这风吹得黄泥街人怕得要命。

屋檐下的人们三三两两地耳语着。

"我梦见满塘死猫，树尖……"

"昨夜我床底下长出了一大蓬毒菌，我想去锄，我老婆硬是不肯，吓得脸都青了。天快亮的时候，屋顶上掀得大响，有石块落在上面，我老婆讲落的是星雨。"

"同志们，一位独臂将军走进了革委会大楼，步子迈得像幽灵。昨天中午我注意到城里的大钟敲错了一次，同时天上有乌鸦，所有的情况意味着什么？"

"有一个雷，落在张灭资的小屋里，红光一闪……"

白天里，胡三老头自始至终站在他家门口的井边，用一只锈得穿了好几个洞的铁桶从井里打水上来。每一次把铁桶提到井口，桶里的水正好漏光，于是又放下桶去，又打，还不时停一停，往井里擤鼻涕。

齐二狗像蚂蚱一样跳着说："同志们，现在真相大白。"

他在晚上走进胡三老头家，开口道："请您老做出牺牲。"

"新情报？"胡三老头从马桶上站起来，看着墙角的蜘蛛网，用手在眼前猛地一抓，抓到一只什么小虫子，凝神细看。"形势大快人心？造反派的希望大吗？"

"请您老顾全大局，关于陷阱的事。"齐二狗的一只耳朵嗡嗡叫起来，他用一只脚在屋当中跳了好久，又说："当然，我并不是指关于陷阱的事，我是指，当你在早上快醒的那一刻，在蒙蒙眬眬中，你是不是感到了一种兆头？或者说你是不是猛然一惊，意会到了一个什么问题？说得更明白一点，比方说，当骷髅从你房里滚出来那一刻，你有什么想法？当然我并不是说有骷髅从你房里滚出来，我是说，你是不是看出了事情的严重性？"

"雷公劈死你这瘟猪！"女儿从屋里蹿出来，蓬着辫子，眼睛像两个黑洞，"你去牺牲吧，你这猪！"

"干吗我要牺牲？"胡三老头眨了眨眼，好像听懂了什么，"我身体好得很，现在根本不会死，将来还想干工作。昨天我还逮了一只蜘蛛，一口就吞下了。你们看，我肚子里装的全是蚂蟥。你走吧，这屋里可是臭得很，大便有一星期没倒了。"

"街上好久都不走汽车了，我们这地方险恶得很。"齐二狗又说，他走到桌边，打开抽屉，找出一枚钉子，龇着牙用力捣鼓那耳朵。

胡三老头边系裤子边说："有一只光球老是停在窗棂上，弄得我热得不得了，太阳穴突突地跳。我们住在这里好得很，这天花板缝里长蘑菇，蝇子像雨一样落在帐顶上。"他上了床，将蒙灰的帐子当着众人放下来，躲在里面哧哧地冷笑。

"这事要报告上面。"宋婆的声音在窗外响起。原来她一直躲在那里偷听。

那些人进去的时候，王厂长正在打蜥蜴。夜里他起来了好几次，打开门，用手电去照院子里的那条死狗。他怀疑那条狗是不是装死？披好衣，猫着腰走近去，用一根铁钎用力插，插进了狗的肚皮，那狗还是不动。他又用铁钎用力拨，把那只狗拨到了污水池里，累得满头大汗。抬头一看，一阵猩红的星雨落到谁家的屋顶上。"黄泥街的问题是个谜。"他想，关门上了床，满耳都是狗叫。狗闹哄哄地叫了一夜，他在床上乱蹬乱踹地搞了一夜。早上一睁眼，看见天花板正中停了一只蜥蜴。他一下子跳起，拿了一根竹竿去戳。

"王厂长——"那一伙人怯怯地说。

"什么？妈的，跑了！这风真厉害！弄得我门都不敢出了，总担心会有什么东西从头顶砸下来，我老婆也叫我出门戴草帽。昨天夜里那剃头的暴眼来过了，看见没有？我怀疑那家伙是卖擦牙灰的老头装的。"

"您有没有听到一种言论？我的意思是您是不是看出了一种迹象？比如在早上刚醒的那一刻……"齐二狗迟迟疑疑地说。

"对啦！有些事我是胸中有数的。从前我这屋里从未有过蜥蜴这种东西，我已经为这种东西伤透了脑筋，我老觉得奇怪，这些东西是打哪儿钻出来的呀？"

"拆迁！呸！！"齐婆实在忍不住了，就大骂起来。

大家闹哄哄地搞了一阵，齐二狗忸忸怩怩地挤到前面，害羞地低下头，涨红了脸说："您老对这件事是如何理解的？我是说对这两个字的意思。这不是闻所未闻的吗？上面为什么要那样干？是不是弄错了？您当然知道我指的是哪两个字，您心里早就经过了深思熟虑。"

"两个字？"

"对呀，正是齐同志讲的那两个字。我觉得要重复那两个字实在太难，我一开口就要抽筋。那两个字是威力无穷的，就好比……"他想了一下，决定来一点夸大，"那两个字使我们全体产生一种触电样的感觉。"

"完全是这样。"大家证实说。

"对啦！"王厂长皱了皱眉，忽然高兴起来，"根本的原因是，同志们，我记起一件事啦。"他忽然记起的是自己只穿了一条裤衩。于是打开大柜乱翻一气，翻出一件旧罩衣披在肩上，在屋里踱来踱去："根本的原因是，黄泥街的垃圾问题应该提到议事日程上来。最近我夜以继日地造了一个表，上面记载了因垃圾问题受害致死的人，大约十多个，骇人听闻呀。我已经向上面提出来，把一个厕所废掉，改为垃圾站。这些天来，我一直在为垃圾问题和朱干事一起备案。我发现有人对这件事怕得要死，甚至不惜采取破坏手段，阻止备案工作的进行。比如蜥蜴的事，就牵涉到许多问题，我想把所有的问题搞个水落石出。"

"厕所不能废！大便怎么办？现在厕所就不够，每次总要等，等得不耐烦。要是废了厕所，定会有人往街角上厕。"

"啊？这是一个建设性的意见，这个意见很有价值，我要考虑考虑。"他背着手，低着头踱了好久，后来站住，翻着白眼，举起胖鼓鼓的拳头，朝空中一拳打下去，说："黄泥街的种种问题一定要解决！"

"对啦，对啦！"齐二狗兴奋地蹦起来鼓掌，"扬眉吐气的时候到了，我正感觉到扬眉吐气是怎么回事。同志们，你们对厂长的讲话精神是如何理解的？"

大家一愣，仿佛在仔细寻思的样子，呆痴地看着天花板。忽然，宋婆带头鼓掌了。

"大快人心，大快人心。"他们拍红了手掌，喜滋滋地你推我搡。有人说自己快要"喜疯了"，就地竖起蜻蜓来，还有人用脑袋往壁上乱撞，撞得咚咚地响。又这么乱糟糟地闹了一阵。

"蜥蜴！"王厂长怪叫一声，浑身乱颤，哆哆嗦嗦地拿起铁钎往壁上一戳，戳下一大块石灰来。"是不是狗叫？"他喘息着问，脸上一下子变了色。

"不过是风。"齐二狗说，疑惑着厂长何以那样害怕。

风把院子里的什么东西刮下来，打碎了，发出尖锐的破碎声。"啊——"王厂长说，"该死的风。昨天下午我在房里打蜥蜴，院子里窜进来一只疯狗，毛都脱光了，一来就赖在污水池里不肯走了。我踢它，打它，用刀子戳，还是不走，简直就像下了什么决心似的，真是岂有此理！后来我老婆端了一大盆滚水浇下去，还是不动，就死在那里。我一想到这事，吃饭就吃不好了，像是会鲠在喉咙里一样。这是什么意思？有人想要顽抗到底？喂，大家对这个问题有什么看法？区里就要开会了，开五个月的会讨论全区绿化的问题，然后再开三个月的会讨论黄泥街的垃圾问题，时间虽然仓促，但区里的决心很大。我一定把大家的意见带上去。"

院子里又发出一声大响，这响声比刚才那一下更尖锐、更刺耳，如打碎了一个大玻璃缸。王厂长的舌头一下子僵住了，他紫涨着脸，从柜子里翻出一条大毛巾毯，匆匆忙忙地把身子裹严。他的眼珠发了直，额头上汗淋淋的。

"是不是闹鬼？"他老婆夸张地问，声音里有一种幸灾乐祸的成分，"这屋子十年前常闹鬼。"

"你们发现什么可疑的迹象吗？"王厂长打着哆嗦，感到舌头在口腔里胀大了一倍。

"有人要顽抗到底。"齐婆记了起来。

"好！"他停止了哆嗦，"要严防敌人的破坏。昨天我院子里的那条瘟狗就是一颗信号弹，这件事我要查个水落石出。好哇！！"他忽然扔掉毯子，随手抓住铁钎用力一戳，戳中了蜥蜴，又在地上乱捣一气，捣得稀烂。

"原来是区长。"齐二狗从院子里转回来，舒了一口气，"区长刚才正在掉眼泪呢，那条狗跟他跟了五年了。我看见他擤完鼻涕就爬围墙出去了。"

"啊——"大家垂下头，做出木然的表情，心里暗暗打算着怎样开溜。

"会不会弄错了？"刘铁锤问，立刻就被齐婆的眼光吓了一大跳。

他们出去后，王厂长又躺下来看那本《今古奇案》。看了一会儿，坐起身向里面屋子大声发问："那条死狗弄走了？"

"没，还在院子里躺着呢。"

"干吗还不弄走？这是什么意思？呃？简直是谋杀！什么世界，到处是阴谋……臭猪！我要把你们一个个吊死！"他忽然大发雷霆，发过之后，很是超脱。

窗子上伸出一张脸，是老郁，小心翼翼地笑出满脸皱纹。

"我练习了一夜竖蜻蜓，把墙上踢出好些个洞，长进很不小，要不要表演给您看？"

"这就来。什么风，把我脑子里吹得乱糟糟的，这风要刮到世界末日去？"

"听说又要追查？"

"当然，要一只只狗去查，不然怎么知道有没有疯狗？该死的，已经臭了，来人！"

女人懒洋洋地走出。

二

胡三老头和王九婆坐在屋檐下剥芋头，剥着剥着，就要打瞌睡。眼一眯，头往墙上一偏，咚地一响。

"今年的芋头并不见得好。"

"好什么，还不是那样，都说今年要涨大水，空气里一股霉味儿。我今早起来梳头，发现睡一夜，这头发都霉了！"

"我想煮一只蜘蛛放在芋头里。"胡三老头说，"屋里的马桶又是满满的了，我偏不倒，又怎么样！"

"他们说等几天就要拆迁。我打算明早死在床上，我试了一试，不很难。"

"今天早上落了一个雷，现在又晴了，天一晴，我就睁不开眼皮。"

区长有一天来黄泥街作一次微服私访——区长突然决定要搞微服私访。

王九婆死在床上了，大家都用手巾捂着鼻子，去看王九婆。

区长到Ｓ办公室里查"死亡原因登记表"。

张灭资，二十六岁，男，死亡原因：饮食过度（由一只瘟鸡致病）。

宋进财，七十岁，男，死亡原因：狂想症（由雨水诱发）。

于子连，十八岁，女，死亡原因：自愿（吞玻璃致死）。

…………

共有五十多个名字，均为近几年死亡人员。

区长的鼻尖凑到了纸张上，总想从字里行间看出些问题。看了一会儿眼睛就胀起来了。

屋里热得很，许多蝉撞在玻璃上，掉落下去。他吐了一口痰，吐在地上，立刻噗地腾起一阵灰雾。"有没有迫害案？"他满怀忧虑地想，走过去打开蒙灰的窗，看见楼底下有一个女人在垃圾堆里翻什么东西，屁股翘得老高，嘴里还在嚼什么。那女人很面熟，他想了一想，记起来她姓齐，刚才在街上看见过的。女人二十多年前和他同过学，当学生时老爱扎纸人，课桌抽屉里堆满了字纸。她什么时候在黄泥街扎的根？索然无味地在办公室踱了几圈，就去厕所大便。厕所里溜溜滑滑的，臊得不行，人一进去，蚊子就猛冲上来。他用手死死抠住墙，小心地避开一堆屎蹲下去。"这种地方。"他嘀咕了一句，觉得右眼皮被扎得痛，"莫不是得烂红眼了？"从早上起区长就一直在担心得了烂红眼。当时他从提包里掏出四五种眼药，一样搽了一点放在眼里，然后闭上眼，揉了好一阵，总放心不下。他闭眼的时候，有种怪鸟的声音在外面叫，等他去打开窗子，却又只看见那女人在垃圾堆里翻。

"喂——"他可着嗓门叫。

女人并不理睬，将屁股对着他。

来的时候老婆冲着他直喷唾沫："那种地方也去得？那街上一年要发两三次瘟疫，家家都腌死人肉吃！去年我的一个亲戚去那里住了几天，回来就瘟了，肚子都烂穿了。听说还有一间鬼屋子，里面住着一个叫王四麻的并不存在的人……"

走到街上，遇见许多死鱼的眼珠，也遇见许多打呼噜的大嘴。"有没有迫害案呢？"他皱紧眉头，凝视着张灭资屋顶上那盆脓疮似的仙人掌。有人在吊一个小偷，区长连忙夹在人堆里去看，一个瘦骨伶仃的暴牙将捆小偷的绳子抛上树丫，开始徐徐往下拽。那小偷就徐徐上升。吊了一分多钟，他就开始呻吟了。

"好！"黄泥街人赞赏地说，小眼里放出喜悦的光。

又吊了两分钟，小偷大叫了，脸色变得煞白，汗珠一滴滴落下来，将地上的灰落出一个个的小洞。

"好！！"黄泥街人拍掌了。一些人拿出怀表来计时间。

吊了半个钟头，小偷昏过去了。暴牙将绳子缠在树上，打了个活结，又进屋搬了一张躺椅出来放在树下，然后躺下去，摇起大蒲扇来。"七十五斤粮票，六块五角钱。"他指着半空中晃晃荡荡的小偷告诉大家。

太阳很毒，都在流下汗来，但总不散，想要看出个究竟。

"黄泥街有没有迫害案？"区长凑着一个老头的耳朵问。

"啊？"老头的脸上变了色，后退两步，仔细打量了他一会儿，说："黄泥街落过两次死鱼，一年四季落灰。"

"四十五分钟。"有人指着怀表说。

都伸长鼻子嗅着小偷身上透出的汗味，耐心耐烦地等待着。

一个乐队在棺材边上奏乐。

空气中充塞着浓浓的腐尸味儿。

人群在窃窃私语。

"夜里王九婆的三条猪一齐跳出栏，跑到郊外去啦。"

"S的垃圾堆里挖出金条？"

"昨天有一个无头男人到了黄泥街，听说是在城里被砍的。昨天半夜剃头的从街上走过，手里提着人头，都用铁丝穿着。"

"王九婆是真死假死？"

区长看见胡三老头坐在茅屋顶上打瞌睡，弓着背，脸埋在手里，一只麻雀停在他脚边。

"喂，下来！"

"啊，区长！听说区长是微服私访？"

老头像一只蜘蛛似的攀着梯子爬下来。

"王四麻是不是一个真人？"他突然问。

"王四麻？！"胡三老头吓了一大跳，"王四麻是不是一个真人？"他机械地重复了一句，下巴打着战。后来想起了什么，进屋去拿了一条长凳出来，招呼区长并排坐下，很贴心地耳语道："嘘！不要这样大声，我的心跳得真厉害。我来告诉你。"他蒙眬着棕黄色的老眼，那记忆仿佛被带得极遥远，"从前我家天花板缝里长一种黑蘑菇，蝇子呀，就像雨一样落在帐顶上。夜里有赶尸鬼路过，咔嚓咔嚓，我常常数那脚步数到天明！街口挂着一个黄灯笼，我老以为是一个大月亮。厕所是干净的，每家屋顶上都长着酢浆草……现在有人要把我锁进防空洞! 拆迁的事有无进展? 这几天我一直躲在屋顶上观察黄泥街的动静。"

"王四麻是不是一个真……"

"嘘! 不要这样大声。这几天可能要出什么事。你看, 这太阳不是越烧越化掉了么? 昨夜有只疯狗在谁的院子里吵了一夜。那剃头佬又来了, 我在屋顶看得清清楚楚。"

"婆子死了好久了吧? "

"说是早上刚死, 谁知道? 好像有腐尸味儿, 我刚才还闻到的。"

"我也闻到了, 会不会有某种迫害的因素? "

"这是风的味儿, 一刮风, 黄泥街到处是腐尸味儿。也可能是早几天死的那条狗。那狗死在王厂长院子里有一个星期了, 他们家里谁也不敢把它弄走, 怕得不得了。"

区长看见齐婆匆匆走过, 嘴里嚼着什么, 腮帮子塞得鼓鼓的。

"这女人过得顺心吗? "他问。

"我院子里有一个污水坑, 蚊子发疯一样长出来。你问什么? 她怎么会顺心? 装出来的! 她耳朵里长了一只毒瘤, 每天搽一种药水, 内心痛苦得很。现在人人都知道了, 她偏装假, 口里还是嚼个不停。她一嚼, 我的腮帮子就痛得不行, 肿起老高。"

"马路中间挖什么? "

"种柚子树。原先挖过一次, 种橘子树, 后来把橘子树挖了, 种木芙蓉, 现在又把木芙蓉挖了, 种柚子树。昨天挖木芙蓉的时候, 挖出一只女人的手, 都说是剃头的剁下来埋在那里的。市委下达绿化文件以来，有人想作个试验，把树种在厨房里，现在正在挖洞。"

狭窄的马路已被挖得稀烂，行人无法通过。区长用草帽挡着灰，一路上不停地揉眼，紧紧地靠着路边小屋向前摸索。他觉得眼里长出了许多米粒大的东西，痛得张不开。猛一抬头，看见黑色的、长得拖地的祭幛。他想辨认那祭幛上的字，但所有的字都绕着一圈晕。

乐队在棺材边上发狂地奏乐。

"有没有迫害案？"他费力地想继续刚才的思路，眼珠像刀割一样痛。他走进长春药店，买了一瓶眼药水，一连朝左眼滴了十多滴，结果是左眼完全睁不开了，只好用手巾捂着。

"王四麻这个人……是不是一个真人？"区长问齐二狗。

齐二狗脸上泛红，比比画画地说："从前我们这里有一个剃头的，剃了满满的一罐耳朵，就藏在那边炮楼上。黄泥街落怪雨，落过三次，一次落死鱼，一次落蚂蟥，还有一次，是黑雨，黑得像墨汁。喂，据你看，黄泥街的蠢人是不是占了四分之一？那边胡三老头家的天花板缝里长一种黑蘑菇，剧毒。我亲眼看见他毒死两条狗，是拌在肉片里喂的，这老畜生。"

区长的左眼像胡桃一样肿了起来，鼻尖沁出了油珠。

"你能不能证明王四麻不是一个真人？"

"当然，什么地方都没有黄泥街复杂，这是个怪地方。比方说，现在还有人靠吃蟑螂度日呢，你听说过没有呀？这种腐朽生活难道能够允许吗？"

"吃蟑螂的是谁？我要登记一下。"

"你来，我带你去看。胡三老头的厨房里有一个地道口，夜里有一个骷髅从里面往外滚。"

"怎么可能？什么地方挖得响？"

"那是老秦家，说是要在厨房里栽一棵柚子树，这不是标新立异吗？哈，你的眼怎么啦？是火眼吧？下雨的时候弄点屋檐水洗一洗就好了。千万别点眼药！我有一个亲戚得了火眼，就是点眼药点瞎的。眼药是害人的东西！"他说着就要来掰区长的眼睛，区长连忙往后一跳。

"别动！我这是传染病。"

一只蝙蝠从屋檐掉下来，撞在区长的额头上，他的牙格格地磕碰起来。

"痛死了！这种鬼地方！"

"你千万别点眼药。今天夜里要是落雨，我帮你弄点屋檐水搽一搽。"

乐队在棺材边上奏乐。

鞭炮响起来，要出葬了。

王厂长腆着大肚子走过来。区长鄙夷地瞟了他一眼。区长是一个瘦子。

"今晚演什么片子？"区长问。

"《闪光的红星》。"

"这是个好片子。"区长沉思了一下说，"要提倡大家看一看。"

"我看了六遍了，觉得不过瘾，还想看一遍。那里面一打炮我心里就冲得慌，好像体验到了一种东西。"

"要把黄泥街的文化生活搞得丰富多彩。"

"当然，我们已经出了一份墙报。我忘记一件事了，你跟我来。请你注意那上面，现在看见没有？不错，已经被人用黏土糊上了，但原来的确有一个洞！你听到什么风闻没有？事情真糟透了！王子光案件的备案工作，朱干事一直是在这个屋里进行的。这就意味着，三个月来，有人一直从这个洞眼里窥视，把所有的情况都掌握在手中了。现在必须宣布那份文件作废，所有的工作都得从头做起。"

"有线索没有？"区长忧心忡忡地说。

"您说什么呀，根本不可能！那件事布置得很周密，神不知鬼不觉，简直没法着手调查。我认为每一个人都是一个怀疑对象。在我们这条街上，所有的事都是没有头绪的，我老觉得自己走进了死胡同。现在我得出一条经验：凡事适可而止。这一来，问题时常在睡梦中得到意想不到的解决。"

"这条经验给我很大启发。"

"近来我落下了一种病，我还不能确定是一种什么病。可能是一种了不得的隐患，我有这个预感。您有没有发现最近我像一匹马一样能吃了呀？我现在睡也睡不好，老要半夜起来吃。啊，你这眼怎么啦？得了这种眼病就别想好！您得去找李大婆婆，这种眼病只有她有办法。"

区长捂着眼回到S办公楼里。睡到下午，痛得实在受不了了，用冷毛巾敷也不济事，烧得眼珠像要爆到外面来。他在屋里蹦来蹦去地折腾了好久，最后才去走廊里敲隔壁的门。

"是区长呀。"朱干事蓬着头走出来。

"你替我去把李大婆婆找来。"

"治眼病？"朱干事意味深长地说，"那是一个巫婆，专门搞迷信的，有时还把人的眼弄瞎，您怎么能把自己的健康交给这种人？您这病不要紧的，拖到秋天就会好了，从前我也得过这种病，每次都是在秋天里好了的。"

　　"它马上要掉出来了。"区长指一指烧得血红的眼珠说。

　　"不要紧的，您要有信心，只要拖到秋天里……我有一个侄儿，腿上生了疮……"他还想说下去。

　　区长叹了一口气，又回到屋里躺下。迷迷糊糊地睡着，一做梦，就梦见眼珠爆出来了。

三

　　王厂长坐在家门口看那对面茅屋顶上的麻雀，一共有三只，细小的腿子在草里搔来搔去的。"要是再飞来一只，屋顶上就会长出蘑菇来。"他想。院子里的死狗昨天已派人弄走，当时他躲在房间里把门窗闩得紧紧的。但是狗身上的跳蚤留下来了，不论他站在哪里，它们总跳到他身上，乱蹦乱咬，弄得他全身都是疙瘩，发了疯地抓。狗身上的那股味儿也留下来了，撒石灰喷香水都无济于事。那味儿似乎有股渗透力，顽强得很。昨天夜里，区长半夜来敲门叫他去，要他明确表态：王四麻案件是不是一个迫害案？他记得他谈来谈去谈了许多，但归根结底只能叫作搪塞。究竟为什么要搪塞，他也不明白，可能是由于答不出。"王四麻是不是一个真人？"区长冷不防问了一句。当时他脊骨一凉，吓了一大跳。他没回答，只含含糊糊讲了一些事，如王子光与黄泥街的神秘联系啦，梦里的兆头啦，秘密陷阱的出口啦，最后他提出来："要防止思想界的混乱。"区长很不满意，脱下袜子来烦躁地搔脚丫子。后来又拿出一个碾钵来，精心碾制一种药粉，说是用来涂在眼里的。他究竟为什么答不上区长的问题，他现在仍然没法解释。当时他只是遵循经验认为：区长并不是问他，区长提问是因为眼睛痛。也许区长竟是在考验他？他狠狠看了区长几眼，发现区长也在瞪他，脸上毫无笑意。于是他又一次断定，区长并不是问他。他记起从前有一个干部，想在黄泥街调查一个人的死亡原因，调查来调查去，什么也没查出。结果他的牙根肿起来，嘴巴都张不开了。第二天那干部就卷铺盖逃走了。他们一直谈到深夜两点，翻来覆去总是那个莫名其妙的王四麻问题。回来以后他还在床上折腾了好久才睡着，到现在脑子里还是稀里糊涂的。

"喂，考虑得怎么样了？"区长来了，干瘪瘪的，完全没有风度，衣服就像披在身上的麻袋。

"您的眼怎么样了？让我看看。嘻，里面全是脓，烂透了，得了这种眼病就没法好！"

"我觉得群众里面有抵触情绪。"

"你听说了女人脚上长鸡爪的事吗？毛毛雨落了两天，连被子都是溜溜滑滑的了。我老婆叨念着要烧大火烤被子，不然里面会长出些什么东西来的。"

雨落大了。

街上有一个握菜刀的男人在追赶一个蓬头女人，那女人满身泥浆，一边朝前滚一边疯喊。围着的人很多，都打着油布伞，伸长了脖子你推我挤的。

"那是干吗？"区长问。

"还不是吃蝇子的事，"王厂长紧绷着脸，"她男人不准吃，她偏半夜起来偷着吃，也不是闹了一回两回了，这种女人！"

"岂有此理，岂有此理，"区长边说边想心事，"为什么这些人不办一个文化学习班？"

"听说最近要拆迁，那女人吃得越发多了，"王厂长盯着街上又说，"有时白天也吃，还说不吃白不吃，到了新地方就没有吃了。自己吃不算，还带一个野男人来家一道吃。这就闹起来了，听说她丈夫要剁那男人的脚，那人已经在防空壕里躲了十多天啦。"

"岂有此理，"区长还在想心事，"为什么不办一个文化学习班？还有一件事，墙上的那个洞调查得怎样了？找出线索来了吗？我这眼皮是越发睁不开了，像青蛙一样跳呀跳的，我现在怀疑是不是癌？"

"当然，这眼病好不了。我有一个侄儿……"

"怎么会没有迫害案？"区长又唠叨起来，从他那松松垮垮的衣服里流出一股浓烈的狐臭，其间又夹着汗酸和鬼知道的什么味儿。"前些日子我们在区里查出一个大迫害案……老革命根据地的传统还要不要？请注意，我在这里的时间只有十天啦。我打算先从王四麻案件着手，然后弄清王子光的真实身份。朱干事提出的方案是唯一切实可行的，他着重强调了王子光的服装特征。当然，行动的阻力大得不可想象，连王四麻是不是一个真人都还没有作最后结论，这里面的问题别想查清，牵涉面广得不可思议，几乎黄泥街每一个人都是一个王四麻。一定要本

116

着实事求是的精神，老革命根据地的传统……对不起，我这眼不能去看了，我总怀疑是不是癌？最近两三天我不会来。"他捂着眼，那眼不停地滴下水来。

吃蝇子的事已经闹完了，街上空空荡荡的，王厂长用浑浊的眼珠凝视着张灭资屋顶上那盆脓疮似的仙人掌。

"有没有迫害案？王四麻是不是一个真人？"王厂长自言自语地、大声地嚷了出来，声音干巴巴，又空空洞洞，把他自己都吓一大跳。原来区长在作一种演习？是不是有一种危险的暗示？他说到癌，那是不是一种影射？也许根本就没癌，只不过是虚张声势？坐了一会儿，他吐起唾沫来，唾液很酸，舌苔又厚又重。

"只有十天啦。"朱干事像一只乌鸦一样从什么地方飞来，轻轻地落在他的脚边，"迫害案的事你心里有没有底呀？这一次我很没把握，心里有一种要犯错误的预兆，我正在搜索一些蛛丝马迹。区长的意图不可捉摸，一举一动神秘莫测……"

王厂长噗地一下吐了最后一口。

"也许召开一个群众大会，让大家来诉一诉？"他谦卑地低下蓬乱的头，垂下两只大手。

王厂长讥讽地瞪着他："想当场抓获罪犯？这办法好！人家意想不到！呸！这些跳蚤，饿疯了！"

"我看最近这风刮得有点不同，像是不会停了的样子。"朱干事不露声色地说，"整天呼呼地响，我常常梦见自己站在悬崖峭壁上。昨天有一只怪鸟掉在我们厨房里，叫了一夜，我老婆整整一夜没合眼。那鸟现在还在叫，我们今天是在卧房里煮的饭。下面有人反映，有人并不往垃圾站倒垃圾，还是倒在街上。后来抓住一两个乱倒的人，他们反而强辩说，垃圾站里的垃圾早满啦，什么垃圾站，摆样子罢了。这几天我心里乱得很，你知道，关于保密工作的事，我遇到麻烦了，有人死死地盯上我啦。我苦苦地想了好几个晚上，有几回觉得有了一点线索，但每次都被一些小事打断了。比如老鼠的鼓捣啦，比如刮来一股冷风啦，比如鞭炮一响啦，总之我现在不抱什么希望了，颓唐的情绪笼罩了我。"

"你听说了微服私访的事吗？我看这里面有些蹊跷，请想一想，突然就——微服私访？"

"我现在对任何事都心灰意冷了，颓唐的情绪笼罩着我。"朱干事缩成一团，蹲在墙根下。

"那也许是区长的怪脾气，不然就是阴险的小人给他出的主意，我想很快就会有一个眉目了。我的身体内最近出现了一种变化，恐怕是一种凶险的病症，我查过医书了，很像。我夜夜梦见死，找李大婆婆算了一下，她说是相反的意思，不过也许她是撒谎，这种女人你没法相信她的话。自从王九婆死了之后，我再也不敢接近死人啦，只要从死人边上经过一下，我身上就起疹子。乱倒垃圾的是谁？"

"谁知道呢，都是底下的人抓的，他们自己也稀里糊涂的。好像是两个人，一问呢，又说没这回事，也许是说的抓了两只猫？"

"把破坏分子捆起！"

区长看眼去了三天。

王厂长抓起人来。

抓到第三晚，流言就出来了。

许多人收到匿名信，信封都一式用牛皮纸做成。信上说，黄泥街已有十个人脚上长了鸡爪，这些人都伪装得很好，穿着大头皮靴，外面一点也看不出痕迹。

有一天，来了一个法师。法师一屁股坐在邮局的石阶上，放下一个细长的装满了东西的布袋，脱下布鞋大声敲打，向着过路的人嚷嚷："这条街无聊得很！"后来他问倚在门框上的电报员："喂，这里有没有白老鼠？"电报员立刻脸上变了色，嗫嚅了半天才说："您，大概是医生吧？发瘟疫的时候，来过一个医生。人死得真多，像蚊子一样，轻轻一拍就倒下去了……"

法师在酒店里坐到傍晚才离去，喝了许多酒，步子蹒跚得厉害。他的布袋遗落在酒店的桌子底下，店员打开一看，满满一袋子河沙，沉得提不动。

剃头的暴眼忽然又出现了，在街上转来转去的，深更半夜，用剃刀在每一家的窗棂上敲得笃笃直响，把人吓坏。天亮时人们从床上爬起，第一件事就是冲过去检查门闩和窗闩的牢度。

"黄泥街有一个大的阴谋颠覆活动在酝酿中。"王厂长说。

嫌疑犯一共有二十一名，通统关在 S 办公楼的会议室里。因为怕逃跑，就把门锁上了。这一来所有的人都把大、小便屙在屋角，一边屙一边破口大骂："连屙屎的权利都被剥夺了。"有一名嫌疑犯口袋里揣着两只蝙蝠，他把蝙蝠放出来在地上爬，大家都来围着，尖叫，吐唾沫。

"那边闹些什么？"区长眨巴红肿的眼，皱了皱眉头。

"他们要出来，我把门锁上了。"厂长毕恭毕敬地说。

"去把锁打开！"

"开不得，他们会杀人的。我这里有证据。"王厂长掏了半天，掏出四五封皱巴巴的信，上面满是乌黑的指痕，"匿名信，有一个大的颠覆行动在酝酿中，我家院子里的疯狗就是一颗信号弹，昨天淘粪的又从厕所里掏出一支枪。他们一捣乱，我的病就更厉害了，我现在老要吃肉。昨天午睡我睡在院子里的槐树底下，梦见自己变成了狼，拼命追赶一只灰兔，这不是真荒诞吗？来过一个法师，询问关于白老鼠的事。他一走，电报员就发了痉挛症，打了两支安乃近，现在还在邮局的楼上抽搐呢。这几天乱得很，出门一定要戴草帽呀。"

"你带一个到这里来让我审问。"

"那是非常危险的呢，你得小心。"他撅着屁股到那边去开门，区长发现他的一只鞋是趿着的，走起来踏得大响。

带上来一个没头发的女人，手被铐着。王厂长说她"穷凶极恶"。女人的头皮是淡红色，上面满是癞癞疤疤，眉毛也没有。一上来就是大叫"青天大老爷"，大磕头，磕过之后又大喊"冤枉"，喊过之后又跳起来大骂"奸细！""杀人犯！"喷出的唾沫就像一条条白虫子。

"你到街上去调查调查，"她突然住了口，凑近区长诡秘地说，"我家隔壁的每天半夜起来收听无线电，他的被子里藏着一个鼓鼓囊囊的东西，是一台发报机。现在谁走近他的屋子他就向谁扔砖头，我丈夫被他打得头破血流……你们进去的时候不要惊动了他，可以从后墙翻到厨房里，别弄出响声。这事不会错，我已经观察好几个月了。现在黄泥街每家都长一种鬼笔菌，阴森森的，连床下垫的草里面都长满了……有一只猫，疯了三天了，藏在隔壁院子的乱草堆里。你们睡觉的时候可要小心，不要关灯，不要开窗，要把屋里来看看去地看个遍。"

"放了这只脏鸡。"区长不耐烦地摆摆手。

"她在撒谎呢，他们都有整套整套的阴谋诡计，千万别上当！"王厂长说。

"滚！"

"滚！"王厂长也冲那女人的背影大喊，砰的一声关了门。隔着好远，他还闻见区长衣裳里面一阵阵袭人的狐臭。他始终想不通，区长干吗老穿着这件衣裳不换？

"不是您老的意思吗？"王厂长小心翼翼地微笑起来，"您老那天晚上的谈话……后来我仔细分析了好久！那里面有好多深奥的哲理，我整整花了一晚工夫，把您老的讲话归结为一个字：吃！对不对？我觉得这一次，我的理解能力大大提高了。自从你走后，我每天都在学习文件，这一来思想就进步了。当然，错误还是存在的，比如究竟是猫还是人的问题……啊？"

"你给我把那把锁打开，你这豪猪！肥肉！"区长一拳打在桌子上，气恨恨地说，"我得过脑溢血！这眼痛死了！啊？一清早猫儿就从我前边横过……你这猪！"

王厂长战战兢兢地走过去开锁，犯人像一大群疯狗那样冲出来。他心里怀疑着，区长是不是装疯？这老滑头！

四

    王厂长早上漱过口，弄得满脸牙膏泡沫。想回头拿洗脸手巾来揩，忽然脖子就不能动了。他砰砰地打开屋里所有的抽屉，翻来翻去，翻得灰雾冲天，最后翻出一瓶弄脏了的万花油。他一下子就抹了大半盒在脖子上，想试着动一下，不行，轻轻一动，就痛出眼泪来。

    "都是这该死的风，"他朝着他老婆的后脑勺说，"我通晚都梦见风把我的脖子吹断了，脑袋落下地，肩膀上光秃秃的。气象预报说这风要刮到十月份去，这有什么道理啊？"

    "这风呀，大家都说要刮到世界的末日去。"老婆一动不动地说，一边嗑着瓜子，一边在心里准备着出其不意地抓住脚边那只秃尾巴公鸡。

    "会不会是癌呢？"他满腹狐疑地说，说了就痛得更厉害了。于是用手去挤压颈部，直挤得发紫。"近来我一直有种发病的预兆，不管我走到哪里，老是看到一只黑公鸡，一个声音总在我耳边嘱咐：把脸向着北边。昨天在厕所，那声音又响起来了，我心里嘀咕着是不是有人开我的玩笑，就把脸向着南边，这就痛起来了。本来我还以为是伤风，谁料到会成这样子？"

"杨三癫子的母亲是患舌癌死的，臭得没法提。"她忽然一伸手捉住了公鸡，用力一甩，甩得老高，公鸡咯咯叫着，飞到柜顶上的阴影里躲起来了。她朝门外张望了一下："修了这该死的垃圾站，怪病越发多了，什么年头听说过舌头上长癌的事呀？昨天下午又从垃圾站里挖出一具婴孩的尸体。现在不管什么都往垃圾站倒，装满了也没人管，就倒得满街都是。从上礼拜起就有人打开了张灭资小屋的门，在里边屙屎，还说总比屙在街上强。"

"都是那只死狗引起的。"他说了就要躺到床上去，忽然又跳起，原来在那天花板正中，并排爬着两只蜥蜴！

"吸血鬼。"他嘶哑着喉咙说，举起一杆梭镖向天花板上用力戳、戳、戳。石灰一块块往下落，头顶上出现许多大大小小的蜂窝。

"鬼笔菌在黄泥街疯长。"他老婆说完就头也不回地上街去了，走出好远还听得她那铁皮鞋掌在马路上磕得乱响。

"区长这老滑头……"他正要开始想，立刻就打起哈欠来了。这是什么道理？一想，就瞌睡，脑子就蒙眬。他大吐一口唾沫，踮起一只脚猛跳三下，口里喊着："一、二、三！"

"所有的茅屋顶上都出现鬼笔菌，"窗口出现老郁阴沉沉的脸，一开始他还以为是那个抹尸的老头，"连水缸底下都长出来了。"

"你看看我这里生的是什么？"王厂长将脖子凑近他眼前。

老郁迟疑地说："也许，有点红？"接着马上高谈阔论起来："城里有个牙医，不管谁，只要往上面一坐，他就用一条干毛巾帮人没完没了地擦脖子，直到把皮擦破，疼痛难熬……"

"放屁！你摸摸这边，还有这个洼洼里，呃？痛得要死！我现在越来越清楚，这一定是癌！我仔细回想起来，这地方痛了好几个月了。"

"怎么会得这种病……"

"还不是这该死的风吹出来的。有个声音老在我耳边说：别向南面。我以为是谁开玩笑，怎么没料到会有灾祸呢？哎，郁同志，"他忽然伤感起来，不习惯地称他为"郁同志"，"气象预报说这风要刮到十月份去？"

"都说这风没有要停的样子。"老郁垂头丧气地说，"连着几天，风里都是腐尸味儿，原来垃圾底下埋着一个婴孩！昨天挖出来，全都稀烂了，区长把袁四老婆找去了，八成是那个婊子作的案。她每天早上将头浸到尿桶里，连脖子都淹了。你凑近她的头发，总有一股臊气。"

"你能不能替我去买十支磺胺眼药水？"

"你犯眼病了呀？"

"我老有一种惶惑的感觉，我想呀想的，觉得我这脖子上要搽磺胺眼药水。谁知道呢？也许搽得好？"

"区长在追查拆迁的流言。"

"让他追查到世界的末日去。"他忽然嚷嚷起来，"他究竟是从哪里钻出来的？这个人？也许这个人根本不是什么区长，只不过是一场冒名顶替的鬼把戏？他来的那天，什么迹象也没有，钻在看小偷的人堆里，讲了几句疯话，于是黄泥街流言四起，吓破了胆，说是一个区长来了……谁能证明？他身上的衣裳为什么长年不换？好久以来我就在怀疑，他到黄泥街来是不是有某种见不得人的目的？他是不是想设下一个圈套？我看我们自己倒成了蠢猪。"他说着说着，眼睛发了直。

"厂长！"老郁害怕了。

"好！"他朝墙猛地一踢，踢下一只蜥蜴来，又用另一只脚去碾，"我最讨厌这种东西。"他说，脸上像喝了酒一样。

埋了死婴，看看马路上没人，齐婆赶紧钻进张灭资的小屋。

黑暗中看见两只眼睛，是袁四老婆蹲在屋里的一角。齐婆走过去蹲在另一角。

"你这是屙第几回了？"

"我屙了一上午了。"袁四老婆说，"我正在这里高兴呢！刚才你进来，我正在自言自语呢。"

"我刚刚埋了那崽子，呸，臭得不行。"

袁四老婆哧哧地笑着。

"区长找你干吗？"

"区长找我干吗？"她瞪着眼木然地说，接着眼一亮，异常热切地捉住齐婆的手，"这是一件谁也想不着的好事情，这是一个宝葫芦里面的秘密。哈！昨天一早我就看了看天，说'无雨顶上光'，后来到厨房去打水，发现瓢不见了，我纳闷了好久！所有的好事都凑到一处来了。想一想吧，要是不停电，要是我睡得很死，要是抽屉里没有麻绳，好运气怎么会轮到我头上来？可是好运气偏偏就轮到我头上来了。刚才我一个人躲在这里笑啊，笑啊，笑了个痛快！这件事我到死也想不通。"

"你会有好运气？"齐婆望也不望她，一边厕一边惬意地哼哼。

"正是这样，你们做梦也想不到！天哪，我忍不住了，我马上讲出来算了，区长到我屋里来啦。喂，你听清没有？你知道我屋里很黑，不开灯什么也看不见，他摸索着进来，很可能是搞错人啦。我真是意外的高兴，我一把就揪住了他！我心里很不踏实，觉得他是一股虚飘的烟雾，冷不防会从我手里飞走。你怎么也猜不到，我会想出那么一个好办法来，而且在一秒钟之内就想出来了，当时我一只手抓紧他，另一只手打开抽屉，找出一根麻绳，把他紧紧地绑在我身上了。我一连绕了好多道，心想这下他可跑不了啦。他果然就乖乖地贴在我身上，一动也不动了。现在他还睡在我床上，你可以跟我去偷看一下，不过不能看很久。他还打鼾呢，真爱死人哟！世上的事真难预测，虽然他是搞错了人，不过一旦到了我手里，哼！这一来我可转运啦！我宁死也不泄露出去，免得给他开展工作造成困难。现在我正想着这件事，高兴得不得了呢。"

"下流胚！恶心！这世上没好人啦！"齐婆高声嚷嚷道。

"你千万别嚷嚷，这会影响我的好运气。"

"你这么脏，他会去找你，谁相信？呸呸！这只猪，眼都不张就干起来了！卑鄙龌龊的小人！伪君子！毒蛇！我还送过他一双鞋呢！这下可气死我了！"

"你千万别嚷嚷。我也想不通，我这么脏，他怎么会来？当然是弄错人啦。这种机会不是人人有的，这是我的运气呀。"

一天宋婆到井边去打水，远远地看见了袁四老婆。她兴奋地一拍掌，高声说："哈！袁四老婆真好看！"

现在黄泥街的男人都在袁四老婆面前害起羞来了，迎面碰见她的人都红着脸，羞答答地从她身边一闪而过，然后怔怔地站住，回头盯住她的背影，直到看不见为止。

女人们说："袁四老婆越长越娇嫩了呢。"

"袁四老婆哪像四十岁的女人，有时看上去竟只有十八岁呢。"

"区长是个有眼力的汉子，怎么会挑错人？虽说没有灯，他那双眼就像猫眼一样看得清。"

"袁四老婆应该抓紧自己的机会，让他迷得越深越好。"

袁四老婆飘飘然过了些日子。

忽然暗中起了一种流言。

流言是齐婆首先传播的，她挨家挨户地去说："大家千万别上当！请问她是什么东西？一个婊子罢了。谁能证明那天区长就到过她家里呢？这种事需要真凭实据呀。如果大家都这么一味胡说八道起来，我们领导的威信还要不要？实际上，区长也到过一回我家里，也是在半夜，也没点灯，那又怎么样呢？我告诉人家，我和区长都规规矩矩地坐了一晚，并没发生什么。当然发生什么是完全有可能的，也许真的就发生了什么，但我决不出去乱说。一个人怎么能痴心妄想啊？我顶顶讨厌痴心妄想的人！比如区长来我家，事实上他是有一种意思的，但我并没到处去吹牛，因为我不是一个爱想入非非的人，我只愿意老老实实，安分守己。痴心妄想的人真恶心！"

后来她又兴致勃勃地告诉人："同志们，袁四老婆事件真相大白，原来是绑架！在这一事件中，区长成了穷凶极恶的人的牺牲品啦！在这一事件中，大家进一步看清了某人的真实面貌！一个骇人听闻的自我暴露！偷天换日的鬼把戏！"

那天晚上区长被毒蚊子扰得睡不着，就起来开窗透一透气。往外一瞧，看见一个白东西在垃圾堆里动。

"谁？"区长用手电照过去。

"我。"暗哑的女人嗓音，原来又是齐婆。

"找那金条？也许翻出骷髅来呢？"

"我决心把一件事弄个水落石出。当心脚下有粪坑呀。"她冷笑着回答，口里好像还在嚼些什么，"我正在考虑迫害案的问题，想得睡不着，就出来找一找，也许能发现点什么？"

"好，警惕性高。"区长称赞说。他的心情莫名其妙地阴暗起来。"这黄泥街呀，真可怕。好在只有几天啦。"他大声地自言自语，凝视着黄腻腻的灯光。一只蛾子昏头昏脑地向那灯泡撞去，跌落在地板上。

"厕所臊得不行，"朱干事像影子一样飘进屋来，眼角挂着两粒绿豆大小的眼屎，"熏得我没法睡。你在和谁说话呀？那女人是个贼，你要提防她。"

"从前她跟我同过学。"

"那又怎么样？她偷起来什么人都不认，除了偷东西，还偷汉子。前不久她男人还割了那野汉子的耳朵。刚才下面穿过一只黄鼠狼，您闻到臭气没有？黄泥街的清查工作搞得差不多了吧？气象预报说这风要刮到十月份去呢，真是奇迹般的天气！我每天夜里都以为自己是住在悬崖峭壁上。"

区长背着手在屋里踱了好久，最后沉思着说："黄泥街莫非没有迫害案？各种迹象都与预料中的情形不相符合。难道在生物体内产生了一种奇怪的抗体？"

"好！"朱干事高兴起来，"您的判断和我完全一致，我每天夜里睡不着的时候都在想这个问题。只要住在临街的阁楼上，你深夜里就可以听到许许多多的人彻夜不眠。"

"我们要抓一抓当前紧迫的问题，比方说，办一个文化学习班。"

"对，提高修养，这是解决问题的根本。明天我就去筹备，学员我都心中有数了。比如齐婆、袁四老婆，这都是第一批需要提高的。这厕所臊得不行啊，我的头都痛起来了。我明天就从挖防空洞的人员里抽调两个出来，专门负责这个厕所的卫生。S厂什么时候复工？形势逼人呀。"

"上面还没有文件下来。听说黄泥街原先死了一个叫何胡子的，是鸡骨头卡死的，又说是自己化成了一摊血水，这是怎么一回事啊？死因怎么这么复杂啊？"

"谁知道？这种事你没法搞清的，哪怕想它三天三夜想破了脑壳。我想，这可能属于心理学的范畴。"朱干事显出高深莫测的样子，三角小脸在吐出的烟圈里模糊了。他心里暗暗得意着自己使用了"范畴"这样文绉绉的字眼。

"也许是没法搞清。"区长同意地说，出神地凝视着那盏黄腻腻的灯，"可惜我在这里的时间不长了。"

"出现了一个新的问题：鬼笔菌在黄泥街疯长。"

"唔。"区长含糊地说。

后来两人去上厕所。区长在尿池边上滑了一跤，一只手撑在尿里，成群的毒蚊向他脸上猛咬。

那一夜他都恶心得睡不着。

五

　　原来区长就是王四麻！那天早上黄泥街人从噩梦中困醒过来，想起这件事的时候，区长已经不见了。消息是一个独眼和尚带来的。和尚坐在胡三老头的屋檐下，穿着黑大褂，瘦伶伶的肩头耸起老高，远看像是有三只脑袋。和尚一走，齐婆就看见马路中间有两只死猫，已经臭了。一方大红绸被面当街晒着，晃着红光。"恶兆头。"她想，"有人要钻群众的空子。"

　　"鬼笔……"有人在啾啾地耳语。

　　迎面来了那剃头的暴眼。齐婆猛一看见，连忙溜进了张灭资的小屋，将门闩上。剃头的喊出那令人毛骨悚然的一声，正好将担子停在门外，呼哧呼哧地喘出粗气。屋里潮得很，到处是点点细碎的磷光，在那深处，幽幽地浮着两点火光。

　　"我屙了一上午啦。"原来那两点火光是袁四老婆的眼珠。

　　"嘘！"

剃头担子的响声远去了。

"有一条蛇,"袁四老婆说,"在我头顶的这根梁上悬了整整一上午。我一直在瞪着它。刚才你一进来,它就跑啦。可惜你看不到了。你在干吗?"

"找一找那条蛇,也许在什么角上盘着?"

"找不得!会出事的。你以为我是在屙吗?我是在这里躲着呢。他们要抓我,我一早就从被子里爬出来钻到这里来了。请你看看这副望远镜,这是区长送我的,整整一上午我都用它在侦察街上的动静。"

"昨夜我一整夜没睡,一直贴着板壁细听。刚才我在路上看见死猫,腿一软,差点路都走不动了,啊呀呀……会要发生什么事?街上到处都是红的。那天夜里他贴在 S 的墙上睡觉,当时我到垃圾堆里去找点东西,他就喊我'老同学'。我怎么也想不出,他干吗喊'老同学'?怪事。"

"宋家的和那野汉子闹起来了,"袁四老婆想起来又说,"两人抢一只捕蝇的笼子,蝇子飞得到处都是。那女的是个婊子种,你干吗?"

"有一点事。你听说了关于有贡献者的新待遇的事吗?"

"没有,这几天我都吓得不敢出门。干吗要抓我?简直是胡搅蛮缠,没有大局观念。"

"消息是独眼和尚带来的,我这就到区里去查询。昨天有人来向我透露,他们扔骰子来决定受奖者,这是怎么回事?上面对这种行为干吗不严肃处理?我早估计到这里面有阴险小人捣鬼,这回要是评不上,我要搅它个天翻地覆。"

到了区里，她三脚两脚窜进办事员的房间，笃笃地敲响办公室的桌子。

天气还很热，办事员却戴着一顶黑色的棉帽，还把护耳紧紧地扣上。他取暖似的将一大杯热茶焐在胸上，眼睛从蒙灰的镜片后面盯着桌上一张发黄的旧报纸。报纸的四角全缺了，中间还有好几个大洞，透出底下的红漆桌面。他正在研究那上面画的一只公鸡，一点也没注意到有人进来了。

"喂！"齐婆高声说，又笃笃地敲了两下。

"请认识问题的严重性，"他头也不抬，自言自语着，"一切权力统统下放！"

"我来询问有贡献者的新规定。"齐婆更加提高了嗓子。

"帆布厂的吗？住房问题请找房管科。"他用力一挥手，将两只眼抬到镜片之上，狡诈地盯紧了齐婆，仿佛能穿透她的心思，"右边第四个门。"

"我这里有证明……"齐婆后退了，因为走远路，背上流出汗来。

"右边第四个门，呃？"他威严地擤了擤鼻子。

"有人证明我的功劳……"

"那又怎么样？请不要居功自傲！右边第四个门。"他绕过桌子向齐婆逼近两步，压低喉咙做了一个手势，"所有的疑难都要迎刃而解！"

"我是来询问……"齐婆还想说，然而那双脚竟不知不觉地退到门外去了。走廊上有几条黑影匆匆溜过，齐婆的脑袋像火炉上的茶壶那样轰轰地响。

"小题大做！"办事员闩好门坐下来，赶紧端起那杯热茶焐在胸口上，接连打出四五个大喷嚏。

就在同一天，王厂长将自己锁在房里了，据他自己说癌病是从脖子上开始的。从那天起他就不肯穿衣服了。"会引起病情恶化。"他说，每天一丝不挂，撅着肥大的屁股在屋里走来走去，像猪一样喘大气，打臭嗝。有一天，他老婆拿来衣服，被他一下甩到门外，气咻咻地说："出了你们的丑？呃？偏要让人来看见，又怎么样？呃？"后来他就把房门锁上了，一日三餐都从窗眼里送进去吃，边吃边嚷饭里下了毒，将碗砸烂。还说家里人联合起来谋害他，把他的衣裳都偷走，害得他裸着身子。

"完全是早已酝酿好的阴谋！"他用梭镖戳着天花板喊道。

他老婆冷笑着告诉前来探望的人："完全是蚊子叮成这样。黄泥街毒蚊子到处疯长，开始只不过是脖子痛，现在呀，都从眼珠里烂出来啦。这是什么性质的问题？有谁能证明那个并不存在的人的身份？"

每天夜里，等大家一睡着，他就在房里破口大骂，大喊，说有人把死狗埋在床底下啦，满屋的臭味熏得他要发疯。"别高兴得太早啦，你们！我真是有病？呸！这脖子上的肿瘤是我故意挤出来的，因为看不惯这丑恶的现实！有了这个肿瘤，我倒舒坦得多了。"他把房门踢得一声大响，把全家人惊醒过来，连忙去叫医生，医生来了，来喊门，怎么也喊不醒，鼾打得像雷一样响。

"他这病很深了。"老婆的后脑勺对医生说。

"他这病很深了。"老婆嘲笑的声音留在空空荡荡的房里。

上午，他从窗眼里看见老婆的后脑勺，那后脑勺就像一把大排刷。"他这病很深了。"她正兴致勃勃地跟谁说着，然后是铁皮鞋掌在马路上磕得乱响。他忽然烦闷起来，想起夜里睡不着，起来捉臭虫，一连捉了三个，用力捏死，血溅在被单上。他走过去翻开被单，看见了那些血渍。"谁能证明这个并不存在的人的身份？"他大声地、辩论似的说，记起了那件汗迹斑斑的旧衣裳，衣裳里伸出的汗毛很深的手臂就像霉烂了似的。"他什么也不是！一股流言，一种臆想，他只不过是一种臆想！黄泥街落过死鱼，一年四季落灰，现在又到处生长鬼笔菌，蛾子像蝙蝠那样大，谁又能讲出这其中的道理？自作聪明，想入非非！"他挥出各种有力的手势，"从前有一个自大的家伙，异想天开地到黄泥街来搞调查，他总将眼珠鼓得老大，还吐唾沫，结果怎样？肚子烂穿，不出两年就死啦！谁也用不着鼓眼珠，我们黄泥街人都是些小眼睛，但是我们嗅得出什么事对头，什么事不对头！喂，大家对于垃圾站有什么意见？难道这不是划时代的吗？咹？关于柚子树种在厨房里的试验，你们有什么感想？有一个大的阴谋在酝酿中！"

"他这病不是很深了吗？"老婆又在窗外对谁说，那声音意味深长，就像她本人一样焦焦干干，有棱有角，"半夜起来解手，看见一只火球落在黄泥街。王九婆家里的猪又死了一只，是给人打死，扔在下水道里的。你闻见这臭味了吗？都说这风向在九月份要变了。这几个月呀，刮得人昏头昏脑，就像世界的末日到了似的……你听，好像是我家老王在打蜥蜴，他总是用梭镖在天花板上戳来戳去，那上面都快成蜂窝了！"

"区长怎么会是王四麻，王四麻又怎么会变成一个区长的模样，我想来想去，想了整整一天，怎么也猜不破这个谜。他来的时候我就纳闷了好久：微服私访？这是什么意思？也许他既不是王四麻，又不是区长，竟是一位下来体察民情的要人？"一个女人的声音。

"可能要贴'伤湿止痛膏'。"王厂长打开抽屉，掏出一沓"伤湿止痛膏"，一连贴了五六张在脖子上，又用劲拍了几下，立刻觉得松动了许多。"说不定真的要去割淋巴。"他想起医生的话，又忐忑不安起来。

窗口伸进宋婆皱巴巴的小头，那眼光在屋里溜了一个圈，压低了喉咙说："喂，你这病呀，算不了什么。"她停了一停，声音忽然变得又细又焦急："你试一试看，这不费什么！用蝇子的血搽一搽，哪里痛搽哪里，呃？从前我也得过癌，是搽好的，你不要怕痛。你干吗只穿条裤衩？这风呀，冷起来了……"婆子的牙根上紫红紫红的，像是蝇子的血。

"我要大便啦，臭死人的。"他微笑着说，做出脱裤的样子。

婆子缩下去，一点声音也没有地走掉了。

"天花板上快成蜂窝啦。"老婆还在外面说，声音焦干崩脆，"夜里总要爬起来戳，戳得满屋子灰，他这病好不了啦！"

那把大排刷又出现在窗眼里，威胁地招来招去。

声音低了下去，变成了窃窃私语。一股风在房里游荡了一圈，搅起满屋子臊味儿。

"满屋子死人味儿，这风是从坟山里刮来的吗？"王厂长大声说，弯下腰拿起尿壶，让那尿哗哗地倒下去。

窃窃私语立刻停止了。

"好不了啦！这种病！"焦干崩脆的声音在街上响起来，铁皮鞋掌像踩在烂瓦渣上面。

脖子又痛起来。"早该去买磺胺眼药水，宋婆是一只猪投的胎，街上到处都是屎。"

马路上有两匹瘦狗在粪堆里滚来滚去。

"买十支磺胺眼药水。"他在长春药店的柜台上说。

"你有痔疮吗？"那个尸布样白的小伙子兴奋起来，用软绵绵的狭长的手掌遮住嘴巴，凑过来悄悄地说："干吗不买'斑马牌'眼药水？这一向黄泥街发痔疮病，大家都用'斑马牌'眼药水洗，都说很灵。张灭资小屋上的仙人掌被臭气熏死了，你看见了没有？现在满屋都是屎，这些人真粗野。"他嘴里有一股霉豆渣的味儿。

"十支磺胺眼药水。"

"法师一来，就坐在邮局门口的石阶上。我从那里过，亲眼看见五条蜈蚣从石缝里爬出来。法师一敲鞋底，电报员的肚子里就咕咕地冒出泡泡来。"小伙子用十个指头插进头发里使劲抓，抓下许多头皮，纷纷扬扬掉在柜台上。他叹了口气，又说："这条街真怪，我在这里站了十年柜台了，老是听见什么在地底下挖得吭吭地响，从来也没有停止过。有时候我觉得是在厕所那边挖，有时候我又觉得就在那边那个药柜子底下挖，夜里我一旦被这吭吭的声音惊醒，就再也睡不着了。我在药店里睡觉，总要放两个酒瓶子在门背后，万一谁闯进来，酒瓶子就会发出响声。我这样做已经有十年了，谁也没闯进来过。虽是这样，我还是放酒瓶子，以防万一。谁料得到呢？也许就由于一次疏忽……我的家是在乡下，那里有一株葡萄藤，太阳就像一颗熟透了的金樱子……"他说着说着，伏在柜台上打起鼾来了。

六

那天夜里没月亮，星星也没有。齐婆站在垃圾堆里，看见办公楼窗口的帘子被风鼓着，像是一只黑幽幽的怪鸟在那里飞上飞下。城里的大钟敲了两点，垃圾堆里有人在哼哼。齐婆用煤耙子照准发出声音的地方猛挖下去。"哎哟。"那人哼了出来。但是那人不是在垃圾堆里，却是在办公楼的墙上贴着呢。

"老同学，你挖什么？"声音有些抱怨，原来是区长。区长原来没走？区长怎么会是王四麻，王四麻又是如何变了区长的呢？从前有个卖肉的屠夫，装成阔人到黄泥街来做客。他坐在那家人家，背上老是流出猪油来，不到半点钟，全湿透了，油腻腻、臭烘烘的，真丢脸。齐婆临睡前还在想这个王四麻问题，翻来覆去地想，背上都出了汗了。后来她又起来到厨房打了一阵蟑螂才睡下去，脑袋一触枕头就听见老鼠啃她的头皮。

"今天夜里很黑。"她莫名其妙地答了这么一句话，心想他干吗叫她"老同学"？真是怪事。这怪物，这巴在墙上的蜥蜴，干吗到黄泥街来？她还白送了他一双鞋呢。她打算回家去，但那垃圾堆里像是有许多乱藤绊住她的脚，磕磕绊绊向外挣，挣一下就有什么东西发出一阵呻吟。

"市立二十中从前的老传达喝农药死了。"墙上的人不动声色地说。齐婆从刮来的风中隐隐约约闻到了狐臭。

她在黑暗中站稳，一边嚼着瓦渣一边说："黄泥街这地方总是瘟死人。好好的一个人，一下子就死掉了。外面看去还鲜活鲜活的，里面五脏全烂了。上面派人来化验过，讲这地方有一种病毒，水里土里都有，空气里也有。这垃圾堆里埋着十具骷髅，我每天夜里都到这里来，在这上面踩来踩去，听他们哼哼。现在黄泥街长满了鬼笔菌，连屋梁上都是的。吃着吃着饭，一不小心就掉到碗里，我们早晚要被毒死……拆迁又怎么样，鬼笔菌照样长。"

"这风里有股什么味儿？"

"这风是穿过坟场刮来的。你闻到了焚尸炉里的油烟味了吗？呸，恶心！原来我养过一只猫，被一群老鼠咬死了，我们这里的老鼠大得吓死人！"

王四麻后来真的走了。王四麻怎么走的？是被齐婆吓走的。他扒在 S 的墙上，齐婆半夜起来看见了，就去问了他几个问题，他答不出，一下子就逃走了。

第七章

太阳照耀黄泥街

一

一辆破旧的垃圾车爬到黄泥街上来了。车身被厚厚的一层黄泥蒙住，窗子都看不清。从车上撞撞跌跌跳下几个怪人，一律穿着老鼠色的衣服，头部用一种帆布帽遮得死死的。

"这条街小得很。"其中一个人从帽子里嗡嗡地说。

"什么街，不像条街。"另一个附和。

"呸！"第三个从帽子底下吐出一口浓痰，飞到街上。

"那边开始掏了。"齐二狗对齐婆说，"你听到乌鸦叫了吗？真热闹呀，蚊子就像灰沙，直往鼻子里钻。"

"什么好看？"齐婆鄙夷地冷笑一声，"少见多怪，这也有什么看的，小人见识！"她将竹椅踢得咣当一声烂响，把齐二狗吓跑了。"鬼笔菌见缝插针，长到鞋子里面来了。"她起身拿起油腻腻的毛巾，浸在盆里，往脸上胡乱揩了一把，急匆匆地往宋婆家里去，"怎么这样臭？是不是又有死婴？"

"昨夜又刮了一夜风，把我的灵魂刮出了窍。"她开口说，"那边在掏呢。我听见铲子铲在水泥地上，总觉得是铲我的头皮。他们是从哪里来的，这些人？这不是搅得人活不成了吗？谁给他们的这种权力？我们在上面的心目中究竟处于一种什么样的地位？黄泥街是否无可救药了？"

"哼，我早听到了。一大早我就看到三个黑影……谁出的花样？会不会出什么事？我们这就走吗？这些蚊子呀，简直是在行凶抢劫。"

"掏出一条蛇，"袁四老婆端着一大碗粥，像猪一样吧嗒着走过来，"我正在怀疑，是不是张灭资屋里那条蛇？那几个人怀着一种阴险的企图，这当然谁都看得出来，不过我们把那几个怪人估计太高了吧？谁知道呢，也许在老鼠色的破布里头并不存在什么摸得到的东西，也许他们就只是几块发了疯的破布，因为谁也并没真的看见里头有什么东西。"

那几个怪人发了疯地掏来掏去。谁都仿佛觉得掏的不是垃圾，倒是自己的肠子。绿的、黄的、黑的、黏糊糊的，铁铲在水泥地上刺耳地怪叫。一个个都打起嗝来，脖子一伸一伸，嘴里喷出馊饭气。掏什么鬼呀，其实只要不去动，这些东西又有什么脏？这一掏，全街都要臭死人啦。这样蛮干，赶出这么多蚊子，会不会发疟疾？上面究竟对黄泥街抱定了一种什么样的看法呢？真是深不可测呀。

"该死的垃圾站，里面什么不生呀，蚊子，苍蝇，老鼠，蛾子。前天我只进去一趟，腿上就长出个大疱疖。"

"从前都往河里倒，哪里会有这样臭？我早就反对修垃圾站的，现在可好，弄出大问题来啦。"

"这一翻呀，会要臭一个月，我们就像天天住在厕所里。"

"是不是一个阴谋？乌鸦叫得真起劲。"

"我早说过刮风不是好事。"

"从前不刮风，到处都是太太平平的。"

屎壳郎爬起来了，三个怪人从窗眼里伸出头来，大声地吐痰。

"黄泥街没有多少日子啦。"胡三老头断言。说过之后，怪难受地呃了一声，伤感地闭上眼，用发绿的指头揉那皱巴巴的胸膛，说是胸膛里灰太多，要吐出来才好。揉着揉着像有了把握，准备要吐了，大家都让开看着。但他没吐，只说了一句："世道不好。"

掏垃圾之后，黄泥街所有的茅屋顶都开始滴水了。

其实天也没有下雨，也没有人往屋顶倒水，不知怎么搞的，那水声就是响个不停，滴下的水像墨一样黑，尸水一样臭。黄泥街人都说那是铺屋顶的草朽透了，才滴下水来。

宋婆家里的屋顶第一个烂穿了。

那天夜里她正蒙在被子里面吃蝇子，一大团烂烂渣渣、暖暖烘烘的东西落到了她的脚上。开灯一看，原来是屋顶的铺草，湿漉漉活生生的，在灯光下一闪一闪。"这屋草，死了多少年了，还像活人一样，捏在手里热气直腾。"她瞪眼一看，屋顶正中有了一个碗口大的洞。正要去叫她男人，啪嗒一声，那洞口又扩大了许多，有一只脸盆那样大了，望出去可以看见鬼火似的绿星星，一股冷风顺势从那洞口倒灌进来。"屋顶烂穿啦。"宋婆刚要说，四下里就啪嗒啪嗒地响起来，铺草像一块块烂肉一样落下，落得到处都是。不到半点钟，所有的草都落完了，三间屋变得亮敞敞的。宋婆和她男人坐在一摊最大的烂草上，高声说："这就像落死人肉。"然后两人都想将对方推到泥地上去，你推我我推你地闹了一阵，忽然乏了，一齐低下头打起了呼噜。

城里的大钟响起来，一共三下，颤动而悠长。

宋婆一听到钟响就用力去推她男人的背脊，推得手都酸起来，说："一大早掏呀掏，我就讲了会出事的，果然。我刚才仔仔细细地分析过了，所有的迹象都说明了同一个问题，有一根线索穿插其间，你意识到了没有？"

"江水英那婆娘原来是个婊子。"男人说，揉着眼。

"我听见一种声音。"她缩着细瘦的脖子，眨巴着烂红眼，陷入苦苦思索之中，"会不会是那个并不存在的人？我听说他是贴在墙上睡的，像蜥蜴一样。他看见女人总是叫'老同学'，真是莫名其妙。"

"袁四老婆当街架了一块门板，和那什么区长两人趴在门板上晒屁股。"

"屋顶穿了倒也并不怎么坏，不然总是落蝇子下来，我都捉了四五笼了，都是草里长出来的。我不知不觉总把这些迹象与王子光案件联系起来，弄得神经十分紧张。"

"王翠霞也是个婊子种，一眼就能看出。"

"屋顶落下的时候，我正在做一个梦，梦见一棵大葵花，许多蝇子在上面嗅。这是什么意思呢？我想来想去想不出。"

"我算了一算，黄泥街的婊子竟有七八个！怎么这样多？"

"花盘呀,有脸盆那么大,我刚要伸手去摘,蝇子就拢来了,多得不得了!"

"什么文化学习班,应该办一个婊子学习班。"

"喂,你讲一讲看,我那个梦究竟是什么兆头?"

"我现在不敢上街了,一上街就碰见婊子,晦气!"

"我还是睡得好,这屋里有股什么味儿?"

"婊子问题扰得我心情很不好。"

宋婆打了好久的呼噜,那男人还在想着婊子的事,气哼哼地睡不着。

夜里黄泥街烂掉了十多家屋顶。

天蒙蒙亮的时候,从烂草里钻出一些人,哆哆嗦嗦地靠墙根站定,大声打起喷嚏来。

一条像狗又不像狗的东西从街上笔直穿过去。

"剃头啦……"声音在遥远的什么处所模糊地响起,听去又像是真的,又像是幻觉。

厕所边上的齐二狗在磨剪刀,沙沙沙的声音在朦胧的曙色中传得极远。

齐婆蓬着头闪现在路旁,目光炯炯地盯着一个什么地方——她又在垃圾堆里翻腾了半夜,想找一具婴孩尸体。

"啊——啊——"胡三老头用力打出一个哈欠,蒙头蒙脑地走进厕所。

"没有了屋顶,冷得不得了,像住在一个洞里。"

"风叫个不停,像住在峭壁上。"

"一觉醒来上面亮敞敞的,星子看去那么扎眼,我还以为是睡在墓地里呢。"

"没有屋顶的房子住不得了，没遮没拦的，会有横祸飞来的。我一夜没合眼，总在担心会不会有什么东西从上面砸下来？"

"落屋顶的那一刻呀，铺天盖地！我想着世界的末日到了，准备躲到床底下去。后来我和我老婆用力拱了好久才从烂草里拱出来，整个房里变得像猪圈一样臭！"

"黄泥街的婊子问题没法解决。"宋婆男人趿着鞋走出门来，向着墙边这些人大声说，边说边做鬼脸，还打了一些臭烘烘的屁。

张灭资的小屋塌下去了，是被水浸透一点点塌下去的。黄绿的粪水渗过泥墙根慢慢淌到街上。王厂长拄着拐棍路过，揉着脖子，一连说了十多个"惨"，说过之后，转身走进饮食店买了八个肉包子，一口气全吃下去，一屁股坐在桌旁打起瞌睡来了。蒙眬中看见来了一支长长的奔丧队伍，他一步跨过去，叉腰喊道："同志们！今天是一个十分重要的日子！你们好好地回忆一下吧……"有谁推了他一把，他生气地跳起来大声质问："对垃圾站执不同意见的是谁？瘟狗的问题难道不是一颗信号弹吗？"

"王四麻扒在 S 办公楼的墙上。"营业员懒洋洋地回答，说完就打起哈欠来了。他当着王厂长的面挖了好久的鼻孔，他像挖出些什么揉到面里面去了。"那墙上夜里长出了一些黑翅膀，不知你注意没有。这条街一到夜里就扭来扭去的，简直像条蛇。我时常醒来全身冰凉。我坐在窗前的小凳上，从窗缝里窥视着，看这条街如何扭来扭去……"

"脏猪。"王厂长突然说，打出一个饱嗝，走出门去。那一整天他的胃里一直难受得很，总觉得塞了一大块脏抹布在里面，一打嗝就泛上来一股油臭。"已经搽了一抽屉磺胺眼药水啦。"他向老郁诉苦。

"这病怎么能好？好不了的！"老婆发出一声怪笑。

屋顶烂完以后，胡三老头睡在烂草上做了大半夜稀奇古怪的梦，这一回的梦里有许多腊鱼和腊肉，都是腐烂了的，有一股甜味儿。醒来的时候，他看见几条蜈蚣爬在发霉的墙上，每一条都有手指头那么粗。昨天掏垃圾的时候吸多了灰，鼻子和喉咙里面又干又痒。他一直想咳，闷闷地咳不畅快，现在看见蜈蚣，心里一急想喊，猛地一下就咳出来了。咳出来的是一团粉红的东西，凑近细细一看，里面是许多条蠕动的小虫子。"这屋顶就和人一样，慢慢从里面烂掉，烂完了就变成虫子。世上不管什么都是烂得掉的，铁也好，铜也好，完了都变虫子。造反派还有没有希望？"

女儿叉着腰站在屋顶下，显得很高兴。

"没有了屋顶，你可以到养老院去了。"她兴冲冲地说，撮着发黑的大嘴喝稀饭，油腻腻的头发顺势落在稀饭里。她每次喝稀饭总让头发落在稀饭里，一抬头又巴在衣襟上，弄得一身都是稀饭，湿漉漉的。"黄泥街有几个人活八十多岁的呀？简直想不出一个道理来。干吗一定要活八十多岁？说穿了其实不过就是一种作对的思想罢了。"她撇了撇嘴，打了一个饱嗝。

"屋顶掉下来，怎么天花板都抵挡不住？"胡三老头迷迷糊糊地想，"也许天花板也早就朽坏了？难怪总是长出蘑菇呀、蝇子呀的，里面早就烂完了。"

他慢慢地踱到街上，用力睁开眼，看见那太阳，那蒙灰的黄天。空中朦朦胧胧，就像有雾似的。那团赤红的火球停在树杈上，比天上的太阳亮得多。他不敢望，一望太阳穴就胀得不行。

"黄泥街有没有迫害案?"声音从很远的什么地方传来。

啊?!

记忆的弦一下子被挑动了，胡三老头微闭着棕黄色的老眼，极快极快地说："埋过一只女人的手臂。就在那边墙根，我亲眼看见了。有血从屋檐上滴下来。那火球总是停在窗棂上，是什么人想要谋害? 看哪，火球正在那根树丫上! 当心你的眼珠! 我在饭里吃出过蜈蚣和蜘蛛，我能抗毒，请当场来试验! 这几天总是落灰，从前落过许多好东西……"他说着，后来眼睁开，吃了一惊。原来并没人听他讲，原来只是做了一个梦。白天怎么也做起梦来了? 他记起近来他有好几次都是这样做梦的，有时是在太阳里，有时是在厕屎的时候，梦说来就来了，那时就总是要讲，总是要讲……

"你的痰里有那么多的蛆，难怪近来屋里蝇子这样密。"女儿从窗眼里探出头来，挤眉弄眼地说，说完就哧哧地笑出了声。"现在没有屋顶了，我明天就到养老院去交申请，让你住进去。"

屋顶没穿的时候，天花板缝里落下过许多小东西，嚓嚓嚓地掉在帐顶上，有厚厚的一层。他时常观察那些小东西在帐顶上挣扎，扑打，把帐子弄得晃荡起来。

"你肺里面长蛆，这是有传染性的。"她似笑非笑地紧盯他。

"天花板是从一个洞烂起的。"他糊里糊涂地回答，看见数不清的蜉蝣从窗口飞进来。

二

　　S办公楼的墙上巴着十几只大蝙蝠，肚子里面胀鼓鼓的，全是血。齐婆半夜去倒垃圾的时候，看见那些大蝙蝠就像挂在墙上的十几面黑旗。风吹着，什么东西蓦地一声尖叫，又凄凉，又阴森。

　　"有一种声音喊我'老同学'，"她说，"那声音有点奇怪，又像是人的，又像是什么别的东西的。待细细一听，声音又没有了。我想是一只蝙蝠在叫。原来王四麻是一只蝙蝠？好久以来我一直搞不清，王四麻怎么能巴在墙上？那时我一点都没想到，巴在墙上的当然就是蝙蝠！"

　　"那王四麻怎么又是区长呢？"袁四老婆着急地问，"区长又是怎么变成蝙蝠的？区长不明明是一个人吗？你是想奚落我吧？对不对？哎呀呀，实在是越搞越糊涂。我明明把他绑在我身上了，当时没有灯，很黑，他叽里咕噜地在讲些什么，究竟讲了些什么我也没听清，一定是一些很深奥的问题。我想准是有一种思想扰得他怪难受、怪烦躁的。他一身滚热，湿透了，真可怜。昨天我听人说，王四麻是张灭资！你不要告诉人。"

"从前有个卖肉的到黄泥街来，猪油从背心流出来。有一种舆论说张灭资的小屋是让粪水泡垮的。我干吗每天半夜起来？奸细问题扰得我睡不着呀，我老是想发现一点线索。"

S办公楼底下聚集了许多人，都戴着草帽，默默地对着那堵墙。墙是灰色的，因为从窗口倒水，每个窗下的墙壁都有一大片溜溜滑滑的污迹。

风向已经变了，那是西风，里面夹着浓黑的灰土。黑灰就像暴雨一样落下来，风里有股腥气。

谁也看不清墙上有没有蝙蝠。火葬场那边的哭声被风刮过来，哽哽咽咽。有一只鸟在屋檐的破洞里怪叫。

"第二个窗口里伸出一只黑翅膀。"宋婆在人堆里弓着背对一个绰号叫"形势好"的女人说，那女人只有一边脸，另一边被什么东西削去了。

"王四麻案件真相大白。"齐二狗突然一惊，"铁门上的乌鸦有动静。"

"啊？"

"听说每家的墙根都埋着十来只老鼠。"

"剃头的昨天夜里叫得特别吓人，就像藏在屋里一个什么角上。我把头用被单蒙得紧紧的，声音还是透过来。这年头叫人发疯！"

"王厂长说墙上的蝙蝠和遗留问题有关。"

"蝙蝠问题是一颗信号弹！"

齐婆用两手做成一个喇叭高喊："警惕奸细！警惕奸细！"喊到"形势好"面前，突然愣住了：原来那女人光着屁股蹲在地上，从一个木盆里捞出衣服来搓洗。

那天半夜，老郁被一阵骚动弄醒了。"啪啪嗒！啪啪……"许多东西撞在窗户上、门板上。"蝙蝠。"他想起来了，浑身不舒服，一伸脚触到冰凉的被头也吓一大跳。

"要不要睡到床底下去……"老婆迷迷糊糊地说，肥胖的身子压得床板吱吱作响，折腾了老半天，打了几个嗝，又睡着了。

"噗！"一只什么东西掉进来了。他开灯一看，果然又是蝙蝠，在地上扑打着，转动着小小的、丑恶的头。他起了身，用皮靴猛地踏住，小东西吱地一叫，不动了。他又用脚后跟用力捣了一阵。

"扔到马桶里浸死吧。"老婆醒来说。

"外面蝙蝠真多，"他干完了伸一伸腰，"像是要咬烂窗子。"

"委员会的事上面表了态没有？先前你白等了那么久，什么也没有！有人放出空气来，说黄泥街没有迫害案……为什么？S厕所的墙上都爬满蜗牛啦，怎么一回事呀？要是那回你不带头打蛾子，也不会长出这么多的东西来。现在什么事都好像不对头了。碗柜里躲着一只蝎子呢，你清没清理呀？"她又是打嗝，又是叹气，心烦得没法睡着了。

"我想屋檐下一定有一个蝙蝠窝，白天我搭梯子在那里找了好久。他们说这种蝙蝠专门吸人血，我一睡着就老是觉得脖子上被什么东西蜇了一下，满脑袋发麻，是不是有蝙蝠在这屋里藏着？"他边说边用棍子到处拨弄，弄得满屋子灰雾。

"我早就看出来都是白搞。那蝙蝠死了没有呀？这年头的事你没法搞清。昨天有人又看见了两朵鬼火，你千万别去钩！我干吗老梦见蜗牛？一梦见蜗牛，胃里总是慌得很。把那冷包子拿一个给我吃。"

"屋檐上挂着蝙蝠，风一吹，像帘子一样飘。我寻思了好久，现在慢慢地悟出来：区长是一名逃犯！请想一想，微服私访。那一回他来找我要眼药水，他蒙着的那只坏眼从纱布缝里阴森森地盯着我，很长的鼻毛从他鼻孔里钻出来，正像猫的胡子，我一看那副样子牙齿就磕碰起来。当时他问我什么地方不舒服，我说是痔疮……齐二狗的厨房塌了，挖出一大窝白蚁，现在一刮风我就担心。谁？？"

"你说我不能吞蜈蚣？"胡三老头用一根粗大的木棒咚咚地敲着窗棂，脸色严峻地盯着他。

"你女儿正在帮你联系进养老院的事。"

"不要耍花招，我是问你这件事，有人听见你说我不能吞蜈蚣，请问你有什么证据？我早就看出来你对我有一种嫉妒狂，看见我的成功，你眼红得要死。每当我仗着自身的本事稍出风头，你就造谣诽谤，欲置我于死地而后快……请当场来试验！"他用力一砸，一块玻璃哐啷一声落下来，又一砸，一块玻璃又落下来。

"进了养老院就不许乱跑出来。"老郁边说边上了阁楼。

"请用五条蜈蚣来试验！立刻来！十条也行！有多少吞多少！"他在楼下用木棒戳着天花板叫嚣道，"我马上给你铁的证据！临阵逃脱的是小狗！"

阁楼上面悬满了蝙蝠，整整齐齐地挂着。那时他认为这些蝙蝠是从灰堆里长出来的——阁楼里有好几个灰堆。他查看了一阵，操起一把旧扫帚猛扑起来，打得它们四处飞蹿。有几只掉在地上的被他一脚踏死了，还有一只受伤的，挣扎着想爬到一个烂桶下面去。他找了一把修鞋的钻子，一下从小东西那毛茸茸的背上钻下去，将它钉在地板上。当时它那细小的眼珠像要爆出眼眶一样。他看了看窗外，那蝙蝠群将夕阳完全挡住，天一下子就黑了。"那眼珠就和人的一模一样。"他想。阁楼上的灰一股一股地钻进鼻孔，弄得他直想打喷嚏。

　　"沙、沙、沙……"是齐二狗在磨刀。

　　"磺胺眼药水把他完全治好啦。"铁皮鞋掌从马路上一路响过去，窗眼里闪过扭动的瘦屁股。

　　"落下两只蝙蝠啦！"老婆在楼下嚷嚷，"我把它们浸在马桶里，还直扑腾呢！外面满天都是，这屋里黑得要开灯啦！你检查一下窗子，看会不会钻进来？"

　　睡觉以前，他又在外面转来转去走了好久。从宋婆家敞开的窗户望进去，看见里面雾腾腾的，还听见哗哗的水响，一盏黯淡的油灯被风吹得飘摇着，里面的人窃窃地笑个不停。那婆子正在灯下垂着头干什么，手一扬一扬的。老郁贴墙移过去，躲在窗下的阴影里。

　　"黄泥街什么都长，"那婆子在跟什么人说，"有一回我把一件毛线衣放在箱底忘了拆洗，第二年开箱去看，哪里还有什么毛衣，早成了渔网了，一条条手指粗的虫子粘在上面。后来扔到火里，劈劈啪啪地响了好久！现在一想起我身上还直起鸡皮疙瘩。"

原来那婆子手里是一只湿漉漉的死蝙蝠，她正在仔细地扯那蝙蝠身上的细绒毛。

"老鼠啃掉了我半边脚趾头。"看不见的人说。

"黄泥街的婊子要一网打尽，扔到焚尸炉里去。"是那丈夫的声音，喉头像堵着一口痰。

接下去屋里嘻嘻哈哈地闹成一团，还杂有亲嘴的声音，好像是在争夺那只蝙蝠。他们窜来窜去，做鬼脸，躲猫猫，直搞得打烂了一个热水瓶，砰的一声巨响。

"今年的蝙蝠又肥又嫩。"老郁从窗眼里探进头去，笑容满面地说，"也许有人还记得从前那个王子光事件？自从朱干事的调查分析在黄泥街占了上风之后，许多别有用心的家伙在这里面钻了空子了。我认为当初如果用一分为二的眼光来看待朱干事的调查，把住一些关键性的字眼，形势将会朝着可喜的方向发展。总之王子光事件是一次极其严重的教训，黄泥街的蠢人们把事情整个弄僵，使我们陷入难以自拔的处境中了。"

"委员会的问题要追查到底。"婆子用一只眼盯住他，分明已经扔掉了手中的东西。

"我发现黄泥街有人在蒙混众人的耳目，这是个严重问题。"看不见的人油腔滑调地说。

"关于黄泥街的婊子问题，我已经交了一份材料给区里。"那丈夫躲在黑暗中得意地笑着，牙间嚓嚓地嚼响着，像是在吃蝙蝠。

"蝙蝠这么多，是不是可以试着弄来吃？"老郁眯细了老眼，力图看清屋里的情况。

"我们这屋顶现在盖的是水泥瓦，"婆子在哗哗的水声中说，"没人敢来了，说是万一瓦砸下来怎么得了！倒不如先前盖草稳当。你不要到我们这里来，我觉得那些水泥瓦随时有掉下来的可能。"

蝙蝠簌簌地在头上飞，暮霭降临，昏昏沉沉。

酒店青蓝的灯光下出现那剃头担子，雪亮的刀锋一闪一闪。

"你走了以后又掉下七八只，现在都盖在马桶里，再也装不下啦。"老婆走过来唠叨着，"都是从哪里来的呀？窗子一直关得严严的，连个蚊子也钻不进……"

"夜里别睡死了，蝙蝠要吸血的。"

外面剃头的暴眼恶声恶气地问什么人："是平头是光头，光剃还是带洗？"

第二天夜里老郁的老婆痛醒过来，发现自己的手掌被一枚很大的钉子钉在床沿上了，鲜血顺着床沿往下滴。

"救命。"她迷里迷糊喊出来。

"我早就想试一试。"老郁在屋角上的阴影里怪声怪气地说，"血从那个钉子眼里流出来，就像一根细带子。"

第二天老郁就失踪了。人们传说老郁的失踪是某个案件的继续。

齐二狗坐在门槛上磨刀的时候，宋婆来了，弓着背，满脸墨黑。

"十几只大蝙蝠全被钉死了，S办公楼的墙上染得血红！那个人的失踪究竟意味着什么？"她眨巴着眼，显出通夜失眠的样子，"我整天烦得想咬什么人一口。"

齐二狗放下磨石，一连打了四五个哈欠说："困得要命。"厕所那边的蚊子成群地扑过来，在他脖子上咬了好多小疙瘩。他脱鞋上了床，放下墨黑的蚊帐。一些扰人的问题纠缠着他，他刚打算来想个清楚就睡着了。后来他做了好几个梦，梦见蚊子咬得他全身发肿。

"老郁藏在办公楼屋檐的破洞里，每天夜里出来杀蝙蝠。"不知谁在讲。黄泥街人看看天，缩下颈子，把手拢在袖筒里，说："有点冷。"瑟瑟缩缩地钻进小屋里去了。

不久就在 S 的厕所里发现死蝙蝠了，有几十只，一律都是从头部钉穿的。

齐婆半夜在垃圾堆里看见一个影子，飘飘悠悠，不像真人的影子。她想追上去看个究竟，忽然空中落下一摊血来，把她的鞋都溅湿了。"那鞋现在还泡在盆里没洗，我看照旧是那个千百万人头的问题。"她紧张地东张西望，"这种威胁没个完，把人弄得要发神经。江水英偷汉子的事你们听说没有？"

黄泥街人把大门紧紧地闩上，弄虚作假地大声打出鼾来，震得窗玻璃咔咔直响。

宋婆在家中明目张胆地烧吃蝙蝠，诱人的香味一天到晚从窗口透出去。

"捉住那只火球！有一只火球！"胡三老头怕到养老院去，终日在家里高声嚷嚷，装疯装癫。凡有路人经过，他总误认为是区长，一把死死拖住，唠叨起来："……那可是个好时候！屋顶上的茅草有一人深，街上算命瞎子深夜里唱着歌，阴沟里流出大块的好肥肉！造反派什么时候翻身？我活了八十三了，还一点不想死。喂，你是怎么看的？啊？"

齐二狗整天蹲在厕所边上捕蚊子，捕苍蝇，捕了去喂蝙蝠。他家阁楼上喂着一百多只，又肥又大。到黄昏宋婆就来取蝙蝠了。

"今天天气真坏。"她总是大声叹气，做出愁眉苦脸的样子。

"黄泥街的社会风气很成问题。"齐二狗应和着。

皮鞋响着，她理直气壮地上楼去了。

"这婆子吃蝙蝠长得又胖又嫩。"齐二狗老婆怨恨地说，"都说她光吸血不吃，不然干吗要那么多？"

齐二狗瞪着暴眼看了看她："你的颈子后面有厚厚的一层了，你洗脸怎么总不洗到那上面去，已经有一个蚂蚁在那上面做了一个小窝，夜里咬得喳喳响。"

三

齐二狗从厕所边上打完苍蝇回来，厨房里的积水已经漫出了门槛。从窗眼里望进去，老婆正撅着屁股在里面堵那土墙上的裂缝。

昨天傍晚落雨的时候，积水就从墙根一个小洞里慢慢渗进来了，当时那裂缝只有半个手指宽。

"要找什么东西堵一下，否则会把房子弄垮的，这天真该死。"老婆一边唠叨，一边就开始翻箱子找破布，折腾个没完没了。没想到那洞竟是越堵越大，大股的污水不断地渗进厨房里来。夜里她每隔半小时起来一下，找一大把破布去堵，整整堵了一夜，到早上那裂缝已经有一只脚那么宽了。

"堵什么鬼呀，整个的那堵墙都要不得了。那堵墙去年落大雨就要垮了。"齐二狗憎恶地用被子蒙紧头，避开刺眼的灯光，诅咒道，"越堵垮得越快！"

现在积水已经漫出门槛了，老婆还在堵。她那饭勺一般大的脑袋里只要认定了一个主意，就总要不停地干下去，干下去，像蚯蚓钻进深土里去一样。齐二狗刚一坐下，宋婆就挎着一个大篮子进来了。"我上楼去找一样东西。"她踩着积水呱唧呱唧地往楼上走去。一会儿楼上就咚咚地大响，大概是在那里捕蝙蝠。

　　"那土墙会塌下来，砸在你的屁股上。"齐二狗对老婆说，忽然一踢，将一大块破布踢得飞扬起来。

　　女人用抹布擦着泡得泛白的脏手，垂着头走进里屋。

　　她在里面鼓捣什么，鼓捣了好久好久，发出像和什么人厮打的声音，一直闹到煮中饭的时候。

　　"明天我要把那堵墙捣垮。"齐二狗吃饭的时候说，"那堵墙刺激着我们。厨房完全是多余的，总是长些蟑螂老鼠，我看还不如到卧房里来煮饭。喂，这饭里有股什么味儿？"他丢了筷子，惊恐地瞪着碗里。

　　老婆边扒饭边说："没什么，我用阴沟里的水煮的饭，那水不怎么脏，你不是吃了两碗都没吃出来吗？"

　　"啊？你不是想毒死我吧？啊？你一点也不想毒死我，对不对？女人真怪！女人是条小花狗！"他伸了伸舌头，忽然大声笑出来，"楼上有一只蝙蝠长得像小板凳那么大了，你早该去看看！"

　　"这几天的月亮真是大，又大又黄。"她神情恍惚地扭一扭她的脖子，担忧似的，"一出月亮，窗棂上就朦朦胧胧的，有一条光，像一个东西在那里走。我们这条街夜里总有什么在那里走来走去的。"

　　法医来验尸的时候，王厂长正在屋里喂他的黑母鸡。那只鸡是紫黑毛，独眼，满身肥油。每次它都要从他手心啄米吃，啄得手心生痛。有一回他脚上生疮疖，流了三个月脓，这只独眼鸡围着他的脚转了几圈，向疮疖正中猛地一啄，啄出一条虫子，后来疮疖上生出一棵豆芽菜。喂完米，他又喂早上捕到的一堆蟑螂。

老郁的小头从窗眼里探进来了。那鼻孔里钉着一枚长钉子，整个脸紫得像茄子。原来他的楼上饲养着一百多只大蝙蝠，每天夜里蝙蝠都出来吸人血。谁都清楚他在厕所里捕蝇子不过是遮人眼目，骗骗人罢了。"黄泥街一连串的问题牵涉到谁？你认为我这些日子到哪里去了？老实说我一直在防空壕里躲着。我发现黄泥街的问题神秘莫测，比如说有好几家的电灯都是从半夜亮到天明，另外还有蝙蝠问题——防空壕里水很深，蝙蝠多得吓死人！每天半夜我都在黄泥街转来转去的。"

王厂长仔细打量了他老半天，琢磨着他话里的意思，最后才说："你看这只鸡能不能解决问题？它差不多可以听懂人的话。当然这只眼生过脓疮，脓一穿眼就瞎了，不过确实是只少有的鸡！昨天我一顿就吃了八个包子，我觉得情形有点不妙，怎么越痛越能吃……是不是要发生一种危险的转化？"

"用钉子从鼻孔里钉进去钉死的，这不是很怪吗？更奇怪的是查不出作案动机，谁会去钉呀？是不是他自己钉的？"

"这很可能，这是一个有代表性的事件。我要备一个案，好向区里汇报。"王厂长突然烦躁起来，一脚踢开那只鸡，大声说："烦死人啦。"

"他最近很忧郁，"老郁回忆道，"当时有一盏青幽幽的灯照着他，我看见他在撕一只蝙蝠的腿子，那样子就像发了狂。他死的那天晚上，他老婆做了一个梦，梦见一个瓦罐里埋着三粒豆，这到底是什么兆头呢？流言说在下水道里伏着一条巨蟒，要不要挖开来看一看？我老是心里不踏实，这几天天气又不怎么样，风也刮得不对头。说老实话，我对目前的道德风气很看不惯。齐二狗厨房的土墙上有条裂缝，你去看过了吗？"

"一条裂缝？"

"一条裂缝，像脚板那么宽。"

"鸡又把屎屙在碗柜里啦！"王厂长憎恶地跳起来呼道，"来人！都死了吗？！"

那条裂缝从外表看很平常，被许多破布堵着，污水还在渗过破布往下滴。

当区长骑着单车朝黄泥街飞奔而来的时候，黄泥街人恍然大悟：原来区长是一个真人，不是王四麻。他们好似心中的一块石头落了地，一个个又犯了老毛病，嘻嘻哈哈，打情骂俏，装疯装傻，做媚眼，大喊大叫，虚张声势，无所不为，变得面目可憎，轻浮得要死。

"这屋里有没有老鼠？"区长问，皱紧了眉头把臭熏熏的破布一块一块从那道裂缝里拔掉，细细地观察了老半天，沉思着。后来他一下子下了决心，向墙根伏下去，把干瘪的头伸到那条缝边缘，上上下下地看来看去，弄得满脸污泥。他爬起来后环顾了一下周围的人群，厉声说："原来如此！"说完就做出有急事的样子，夹着黑皮公文包快步上区里去了。

"原来如此！"大家说，停止了打闹，赞美地看着区长的背影，"区长穿着'劳动'牌胶鞋。"

"我觉得他好像查出了一点什么。"齐二狗老婆怕冷地耸起肩头，把两条鼻涕缩进去。

宋婆从墙根伏下去，学着区长的样子将头挨近那条裂缝，然后站起，吐着牙间的污血，大声叹着气，说："这屋里有蝙蝠。"

"这不是很奇怪吗？"老郁的声音就像是从裂缝里发出来的。

谋杀的流言传来的时候，江水英正在剪她的趾甲。那趾甲又长又尖，的确像鸡的爪子，她剪完一只，抽了一根烟，正要剔趾甲缝里的污垢，杨三癫子就来了。

"原来如此！"他说。

"唔。"江水英含糊地应着，低下头去剔趾甲。

"谁都知道那天晚上的月亮又大又黄，像是酝酿好了一个阴谋。区长来黄泥街的时候，穿着'劳动'牌胶鞋……原来如此！"

"有人想要……"

"我去过一次法庭。那法官讲到谋杀时并不说'谋杀'，你猜他说什么？怪得要命！他说：'头上长了一只角。'这些机灵鬼，你别想搞清他们的意思。我看关键是墙上的那条缝。"

"对，墙上的缝。有人想要……"

"那条缝的形状不是像一只脚板吗？区长干吗把头往那条缝里伸？要担心墙壁！我一回家就把我家的墙壁仔细检查了一遍。"

"前天他又逮了一只猫，好像是疯了，整夜里狂叫。你能帮我弄一弄吗？"

"拿刀来。"

他们逼近那笼子的时候，野猫正蜷成一团抽搐着，口里吐出些绿色的黏液。

"不行。"他心神不定地向屋里走去，"这种猫是有灵魂的，我看得出，如果杀了就别想睡。我有个亲戚也是杀了一只有灵魂的猫，后来整夜听见猫叫，一直叫了三年，我看见他的时候，他已经瘦成一具骷髅了。"

"我拿它怎么办？有人……"

"养着，也许它会恢复？"

杨三癫子走了以后好久，江水英还在想着疯猫的事。夜里那只猫抓门要进来，整整抓了一夜，凄惨的叫声让人毛骨悚然。一直到黎明她男人才捉住它扔到笼子里。她男人什么都抓，一只鸟，一条蛇，一只小猪，一条狗，见什么抓什么，抓回来就扔进笼子关起，关到饿死为止。她非常想不通那个笼子，那东西又高，里面又宽敞，用扎实的宽木条钉成，四条腿就像水牛的腿，凶神恶煞地立在后院。昨天半夜猫叫的时候，她就看见他阴险地瞪着她，像看什么怪物一样看了好久。见她醒来，他假惺惺地说："谁家的屋顶刚才又塌了。"说着就假装到窗口去看。当时她没头没脑地说："那笼子里四面透风，真是冷得很呢。"男人转过背去，听见他在说："女人蠢得像猪。"说完就熄了灯上床了。她在黑暗中想着自己已经戳穿了他的阴谋。她记起齐二狗的话，就起来把房里的四壁摸索了一遍。后来越想越不放心，干脆不睡了，趿着鞋到街上去游荡。

早上她看见袁四老婆和一个秃顶男人像野猫一样窜进袁四老婆家里去了，黑门砰的一声关上。

齐二狗厨房的墙根下蹲着二十来个鬼头鬼脑的人。区长正猫着腰用游标卡尺量那条裂缝，移来移去的，总量不好。"不像是人挖的。"他用力眨着灰白的眼珠，额头冒着热气，"这附近有没有什么野生动物呀？"

"不像是人挖的！"杨三癫子兴高采烈地搓着手指，接着又压低了喉咙，贴着区长那只细长的耳朵说："那东西？这里有人说您是王四麻！"

"啊？"区长脸上变了色。

"有人放出流言，"杨三癫子提高了嗓子，"说您就是王四麻，王四麻就是您，已经融成一体，无法区分啦。"

"无法区分啦！"区长懊恼地捶着胸口，喊道，"请大家注意这种荒谬的暗示：无法区分啦！这些扰乱视线的恶棍！阴险毒辣的小人！同志们，我再一次提醒大家：黄泥街问题的阻力之大远不是你们想象得到的，必须以退为进，斗争才刚刚开始……"

"尸体臭起来了，你闻见没有呀？"

"'那东西'总共来过四次。"宋婆说，不知怎么眼里起满了黄眼屎，擦来擦去的，总擦不干净。"现在我家盖了水泥瓦，风一刮就喳喳地响。如今这是怎么啦？好像什么东西都不对头啦。"

"黄泥街的问题一定要在十二月份以前得到解决。"区长发狠地说，过去推单车。

江水英低着头看区长那双沾满泥浆的"劳动"牌胶鞋，惊慌失措地说："我们家里有一只笼子，有人想要……这是属于什么性质的问题？"

"所有的问题一定会得到解决。"区长举起一只手果断地砍

166

下去，且说且跨上单车。

江水英趿着鞋回到屋里躺下，太阳已经亮晃晃地从瓦缝里照进来了。她躺了好久还在想：区长的鞋底上是不是有蚂蟥？后来她睡着了，梦见一只蟑螂把糊墙纸咬了一个洞，露出小小的黑头。它慢慢地咬着，整个身子爬了出来，顺着一条水渍往下爬，爬到了她的枕边，一只腿子搔着她的脖子，她用手一拂，醒了，看见男人正伸出手来扼她的脖子。"啊呀呀。"她说。男人缩了手，嘿嘿地干笑着走了开去，看着院子外面说："我看这猫死不了。夜里只有猫叫一叫倒好，睡得安一些。昨天我看见它饿得啃起木头来，就喂了一条鱼给它吃。今早它又吃了一条鱼，今天夜里一定叫得更凶。我以后每天喂一条鱼给它吃。"

"他这病倒好啦，这不是奇迹吗？"王厂长女人嘲笑的声音在窗外响起，"我看他这种人怎么也死不了！"

隔了一会儿，又听见王厂长边走边说："我现在一顿能吃九个包子了，我感觉不好，有什么药吗？我不会完蛋吧？呃？"

"明天一早我就要用树条把这猫抽死，它活得够久啦，凭什么我要养活它？"男人说，仍旧看着院子外面，好像在想什么心事，额头上的皱纹堆了起来。

不知哪里来的烟飘进屋子，空气变得蓝幽幽的，有股蚊香味儿。

"是火葬场在烧死尸。"男人说，龇了龇长长的门牙。

那天夜里猫又叫起来，这一次叫得更吓人，好像还在咬那笼子上的木条。江水英抱着头冲到街上，满脑子的红眼珠和绿眼珠。

"明天一早我就用树条把它抽死。"男人在窗前说。

四

胡三老头摇摇晃晃地在街上蹓步，走几步又停下来大声问："今年是哪一年啦？"

黄泥街人猛地一惊，从蒙灰的窗口伸出皱巴巴的小脸，回声似的应道："今年是……"

太阳冷下去了，乌鸦和麻雀瑟缩着，酢浆草和青蒿枯黄了。

"太阳这是怎么啦？不对头啦！"杨三癞子猛地向街心砸烂一只酒杯，且说且走，"从前的太阳真厉害，什么东西都晒出蛆来！仙人掌全死啦，屋顶上的草哪里去了？我的关节肿得像馒头！那个时候，有一个申诉委员会，所有的人都去申诉，唾沫四溅的……"

袁四老婆和秃顶男人一齐从茅屋窗口挤出半截身子，揉着泡肿的眼，唱歌似的打了好几个哈欠，然后呜呜地哭起来。

"黄泥街上所有的东西都在慢慢地变质。"宋婆嘀咕着，惊恐地瞧了瞧水泥瓦，"这瓦里面究竟是一种什么成分？"那瓦光秃秃的，上面积着一层泥沙，风一吹就有种怪响声，像是马上要断裂，砸下来。早几天她量了一下，她的屋子已经向地面缩进去了三寸。越缩，房子就越矮，现在门框已经平着她的头了，她男人则要弯下腰出进。昨天她男人出去倒马桶忘了弯腰，很重地砸在门框上，把桶里的屎也溅了出来。他把马桶一脚踩烂，让屎流在门口，坐在门槛上骂了整整一上午，说是不得了，有人阴谋陷害，黄泥街的婊子要吃人啦，又说眉棱骨砸断了，说不定会死，等等。

齐婆打完最后一只蟑螂出来，看见刘铁锤站在窗前。他说："黄泥街有一具活尸，啧啧啧……嗜！腿上长霉了，眼珠还能动，完全用被单裹住。你听说房屋下沉的事了么？都说地面会张开一个大口，把整条街都吞进去，然后再合拢来。昨天我家的墙壁裂了一道细缝，我一整夜都盯着那条缝……喊喊喳喳……"

"今早的冷风里头又有血腥味儿。你们认为脚上长鸡爪的问题属于什么性质的问题？要不要交群众公开讨论？有人……"她突然噎住了，手指在头发里摸到了一块硬的突起，"我头上长什么啦？"她喃喃地自语了一句，想去照镜子。

"活尸原来是杨三癫子的老母。"她男人说，像蛇一样吐了吐舌头，"她不是死了十几天了吗？原来并没有死，这件事是不是故弄玄虚呢？我必须调查一下。"

"我头上……"她突然擂着桌子，气急败坏地大叫起来，"我去买一种药水来搽！我要死啦！贼！瘟猪！所有的事全没希望啦！"

"今年是哪一年啦？"胡三老头的声音猛然响了起来，阴凄凄的，如墓地里的鬼魂。"那是一只血球！"他声色俱厉地喝道。

"哼！他这种病竟会好得不留痕迹。"王厂长老婆冷笑一声，将铁皮鞋掌磕出刺耳的响声，"那个冒名顶替的家伙在黄泥街干了些什么？我看有人在盲目追随，请你们各位注意这个问题。"

半夜里齐婆男人打开电灯，拿过一把镐，在墙角挖起来。

齐婆从外面回来，哈着冷气说："外面像是谁倒了漆一样黑，我看见一条蛇从袁四老婆的窗眼里钻进去了，我怀疑是不是她暗地里养着的？街上静极了，所有的墙都在裂开，我真担心……你挖什么？"

"骷髅。"

"怎么会有？"她说，"我一直在思索关于那条蛇的问题，那绝不是一条普通的蛇。喂，你该找一找，不要这么昏头昏脑地乱挖。所有的墙都在裂，我亲耳听见了。"

齐婆睡到鸡叫醒来，男人还在挖，穿着麻布衣的阔背一抖一抖的。墙角已经掘出一个深坑，碎砖和泥沙堆在屋中央成了一座小山，腐烂的湿气呛得人要发昏。

"怎么会有？"齐婆又说，顺手抓了一把泥沙扔在口里嚼着，"谁说得准是不是虚张声势？我倒想看江水英那婊子去。"

中午她回来，男人还在挖。

"搽了磺胺，我头皮上那一块好像软了一点。"她脸上浮起虚伪的笑容，"现在全街的人都在搽磺胺，说是包治百病，你何不也试一试？我觉得你最近好像有点毛病，你要挖到什么时候去？"

"二十四个骷髅藏在这地下面。"男人凑近她说，使劲地磨牙。

"你对目前形势有什么看法呀？"齐婆慌张地揉着头皮向后退去。

"这个月之内黄泥街起码要解决十三个以上的重大问题。"王厂长在外面和谁说。"昨天有人报告，有一家人家养了一窝蛇。喂，这意味着什么？"

"房子又沉下去两寸多啦，厨房已经没法用。我看这形势丝毫没有好起来的希望呀。"宋婆没完没了地叹着气，"昨夜的月亮也是又大又黄，昏沉沉的。我披衣在院子里蹲了好久！夜里黄泥街成了一条死蛇，冰凉冰凉的。从前每到夜里，就有些什么东西长出来，奇奇怪怪的，呼唤啦，厮打啦，我全听得清清楚楚。那时我后脑勺上长疖子，不能睡，一直听到天亮，太阳一出来我脸上就泛起红晕。齐二狗这杂种干吗要自杀？事实上，我已经想好了一条妙计，这条妙计能挽救整条街，我将在一个恰当的时候实施它。"

"所有的事情完全没希望啦。"齐婆从窗口探出头去，一只蛾子在她额上撞了一下，撒下一泡黄水。

"今年是哪一年啦？"胡三老头用拐杖直指她的鼻尖，厉声发问。

齐婆一怔，全身瘫软。

"来过捉白老鼠的……"

"火球为什么整夜悬在窗棂上？"他又问，声音如敲白铁一样铮铮作响。

"没什么。哼，谁是他的'老同学'呀，我看黄泥街问题有奸细插手！同志们，谨防奸细！"

"啊——啊！"胡三老头张开两臂仰天大喊，白发像马鬃一样甩动。

袁四老婆和秃顶男人从窗口伸出乱蓬蓬的头，揉着泡肿的眼，扑哧扑哧地笑个不停。

吃过辣椒之后，齐婆头皮上的那块地方就有点痒，伸手去抓，竟抓下一小块头皮来，拎在手上皱巴巴的一小片，淌着血。她看了一眼，怪叫一声，赶快去照镜子。那上面湿漉漉的，已经开始肿了。一会儿就肿得像一只馒头，软绵绵的，一按一个洼。

"你看这是不是癌？"她心惊肉跳地问袁四老婆。

"那条蛇已经掉下来了，原来是条死蛇！我闻了一闻，已经臭了。什么癌呀，我看是毒。我身上也长这种东西，也是这种毒。黄泥街到处是这种毒，连狗身上都生这个，和我们生得一模一样。他们要抓我，因为我差一点交了好运，我一定要感激那条绳子。真的，那根绳子怎么偏偏刚好在抽屉里呢？想一想吧，要是没有那根绳子，不就什么也不会发生吗？可是偏偏刚好就有根绳子！哎呀呀，乐死人啦！"

"你不能用瓦渣帮我划一下吗？胀得不行。"

"呸！划不得，要死人的。你要等它烂，烂透了，再挤干净就好了。你可以在手心放一放血。"

"我现在痛得就像有人在里面用锥子扎。"她用一只脚在屋当中跳来跳去的，跳了老半天，憋红了脸说："现在松了一点。那婊子被她男人关在笼子里，是不是为偷汉子的事啊？我早说过黄泥街的道德风气没法扭转。"

"我后面这堵墙在响呢。我整夜浮在黑水里，像有把锯子在头上拉来拉去的。胡三老头在街上喊得那么吓人，有人说他已经死了五天啦，又说这是他的活尸在街上走。宋婆说活尸不是他，是杨三癫子的老母。我现在怎么也搞不清这些事，活尸呀，蝙蝠呀，我一考虑就要害火眼病。"

"厨房又沉下去两寸啦。"宋婆的嗓音隔着板壁传过来。

"活尸是用磺胺眼药水泡着的呀？"

区长一到黄泥街口上就被灰呛住了，他大声地咳着，揉着发炎的眼睛。他心里想着灰尘已在他的肺里面结成了一串串的小丸子。行人在街上走过，蒙头遮脸的，像一些小偷。那棵树原来吊过小偷，现在已经枯死了，发黑的棕绳像死蛇一样缠在上面，乌鸦在树上发出可疑的怪叫。几个提罐子的人刷地一下从他身边窜过去，一眨眼就不知去向了。他伸手去搔背心，边搔边想起了胡三老头和他讲过的背上流猪油的故事。他慢慢地将四方的手掌捏成拳头，举到鼻子面前说："黄泥街的阻力一定要扫除！"

胡三老头像猴子一样跳到马路上，紧紧地捉住区长的袖子唠叨起来："您对目前的形势如何看？啊？我们这里有暗娼，请您数一下，从街口起第十三个门……您看这天怎么样？冷得很，鬼笔菌全冻死了。有人要对我下毒手。喂，吞蜘蛛的事您改变看法了没有？他们罐子里装的是磺胺眼药水！都在议论我已经死了五天啦，为什么？请您数清楚，第十三个门，靠右边……"

"好呀！"王厂长提着罐子从路边闪出来，他将胡三老头的手从区长臂上用力掰开，做了一个鬼脸，凑在区长耳边说："你要不要磺胺眼药水？我拿到了五十瓶，没开封的……关于磺胺眼药水对痔疮的疗效，我已经整理了一份材料，正打算送到区里去，这可是划时代的……请注意，胡三老头是一具活尸，已经死了五天啦……"

区长聚精会神地挖着鼻孔说："十三个大问题落实得如何了？我看松松垮垮是通向灭亡的道路。不是有蝙蝠吃人的事吗？老革命根据地的传统还要不要？这次我来黄泥街要召集一个紧急会议，谈谈十三个大问题的解决方案。齐二狗的善后问题处理好了没有？见鬼，我已经三天三夜没睡了，刘书记叫我作好五天五夜不睡的准备，现在只要有人推我一下，我就会倒下去，睡他个七天七夜！"

"今年是哪一年啦？"胡三老头冷不防插进来问道，声音凄凄惨惨。

"啊？"区长腿一软，头上沁出了一层汗，背上一炸一炸地痒起来，"呸！是不是有虱子？"他脱下棉衣，站在路边翻来覆去地找了好久。

满街都是提罐子的人，遮遮掩掩，躲躲闪闪。

那天晚上在炮楼上召开了紧急会议。区长嗡嗡嗡嗡嗡嗡地讲到夜里两点，直讲得所有的人的脑袋都嗡嗡嗡嗡嗡嗡地叫起来。他在迷迷糊糊中猛一睁大眼，看见满屋都是飞来飞去的蜂子。也不知怎么回事他最后就破口大骂起来，直骂得声嘶力竭才宣布散会。

第二天早上区长的一边脸肿了起来，他在刷牙的时候记起昨夜所骂的话里面有一句是："刘麻子混账王八蛋。"他想起应该将"刘"字改成"王"字。

宋婆的厨房里塌了一堵墙，墙里面满是蝙蝠骨头。

五

苍白的小太阳，苍穹像破烂的帐篷。

鬼火燃烧着，在朽败的茅草上。

鬼火照亮了无名的小紫红花。

墙壁喳喳作响，墙壁要裂了。

小屋更矮了，小屋缩进地里去了。

白蚁发疯地繁殖。

有怪异而含糊的呻吟，是谁在地的深处嗡嗡地问："今年是哪一年啦？"

街上匆匆走过最后一个提罐子的男人，罐子边沿流下血来。

一只猫的肚子烂穿了，在灰堆里打着滚，一边滚，肚子里面一边流出脓来。有一个男人的影子拿着一根树枝，正在狠狠地抽那只猫。

齐婆趿着鞋走到窗前，向外探一探头气愤地说："这天别想出门！我倒希望天上落下什么来，落他一人多深，封了门，正好睡大觉！"说罢回到床上，放下墨黑的蚊帐。

黄泥街从来不落雪。

黄泥街一年四季落灰。那灰有咸味，是火葬场的油烟化的。那天早上，到处一片白茫茫，有人以为是雪，伸出脚一踏，原来是灰，死了的灰。

一大群蒙头遮脸的人鬼鬼祟祟地贴墙溜行，留下一路脚印。

"磺胺可以治癌。"王厂长笑眯眯地说。

区长皱紧眉头，心事重重地问："S什么时候可以复工？对于这个问题有哪几种不同的意见？请马上组织专案问题讨论会。我已经半个月没睡啦。"他抓起头皮来，头屑纷纷扬扬地落在衣领上。下午他到厕所去解手，墙角满是蝇的尸体，一块朽坏的踏板就要断裂，地上积着发黄的小便。

"已经派了四个人专门负责这个厕所的卫生，仍然经常发生类似的问题。"朱干事轻轻地说，像是诉说什么秘密的心事。近来他很不安，老是通夜在隔壁房里跳来跳去，发出各种不同的骚响。

死了的胡三老头整日在街上游荡，大声嚷嚷："蜘蛛又怎么样？啊？我一口就能吞下！请当场来试验！我干吗一定要死？原先我有一块长蘑菇的天花板，后来白蚁蛀空了，虽然发生了这样不幸的事，怎么就敢说我不能吞蜘蛛？请对我进行反复的考验！"

江水英在笼子里面咆哮着，青筋粼粼的手抓着笼子上的木条，眼窝成了两个蓝色的深洞。

阁老五向着街心吐了一口浓痰，嘟嘟哝哝地自言自语："什么时候了呀？天好像还没亮过，天怎么就黑了呢？如今什么都琢磨不透了。"

王厂长坐在苦楝树下，脱了棉衣晒他背上的肥肉，晒着晒着就打起鼾来。胡三老头弓着背，贴着他的耳朵说话："那是什么时候的事了啊？你记不记得？血光里飞着两只乌鸦，一下子就撞死在这玻璃窗上，那时你不在……有人锁起了房子，屋里真潮湿，地上长满了鬼笔菌。我偏不死！从前我遭到过不幸，那时天花板塌下来，我像狼一样逃窜，他们马上高兴起来，以为我完蛋。哼！我打算今天当众表演吞蜘蛛，打消某些人的痴心妄想。我已经充分掌握了某些人心理上的弱点。"

区长睡在S办公楼上。半夜里飞进来许多东西，到处乱撞。他赶紧用被子蒙紧了头。后来天花板裂开了，落下一大堆死蝇，堆在地上像一座小坟山。

朱干事探进头，缩着清冷的鼻涕抱怨说："确实有一个小偷整夜在门外拨弄门闩，我已经出了几身冷汗了。刚才我还扔了一只鞋出来探虚实，你听到啪嗒一响没有？大楼里究竟有多少蝇子呀？看着这一大堆真是觉得很奇怪。"

黄泥街不能从没完没了的梦境里挣脱出来。

他们梦见蜘蛛，梦见苍蝇，梦见墙头的青草，梦见花背的天牛，梦见小紫红花，梦见夏天里的一切一切。蝙蝠和黄蜂在他们头上飞，鼾声从黑咕隆咚的小屋响起，震得积满黑垢的窗棂喳喳地裂开。一个苍白的小太阳，几片铁锈色的云凝然不动地悬在烂雨伞般的屋顶上。

他们梦醒过来总是脸色蜡黄，泡肿着眼睑恍恍惚惚地自言自语："又梦见什么啦？这下真要完蛋啦，整夜整夜地脑袋流血，是不是流了一桶多啦？"

"这梦做起来永生永世没个完！"

"我有时试一试想醒来，总不能成功。"

"血压这么高，我可千万别死在梦里呀。"

"被褥起了霉，闻着霉味就老想做梦。"

"乌鸦叫一声我就做一个梦，黄泥街哪来的这么多乌鸦呀？"

烂了肚子的猫在土里越滚越凶，大股大股的泥灰卷扬起来，形成一股蘑菇云。

"它好像打算把墙拱翻。"

"真是凶恶已极呀。"

"夜里落了雨，蚂蟥爬得满地都是，我一想起蚂蟥就浑身打战。起先我还怀疑是马桶里爬出的蛔虫呢。快冬天啦，外面怎么还会有蚂蟥？"

一只老头儿的酒糟鼻从小屋的门缝里露出来，轰隆隆地将鼻涕甩到街心，骂道："什么天，死人的天！"重又把门闩上。

九月从牢里回来的老孙头吊死在S的铁门上了。谁也没看到尸体，夜里却听见他在暗处讲话："有一件龙袍，千真万确，同志们，你们对这个问题有什么意见？目前形势怎么样？"月光照着铁门上的尖刺，阴惨惨的，成群的蝙蝠在地上投下巨大的影子。

江水英的男人将一只脚踏在笼子上，瞪着空中说："好久以来就如此。凡是我捉到的，统统关进这笼子。你们怎样看？我算了一算，猫能活十五天，老鼠能活十三天，疯狗怎么关也死不了……呸！她是自己钻进去的。谁都知道，她老是一夜闹到天明，说她在梦中猜出了我的阴谋，还假装做梦，打出雷一样的鼾。昨天她竟一头钻进去不出来了，还说那是个好地方，比住在屋里安全。刚才我漱着口，就把牙刷吞进了肚里。"

"会不会吃出病来？啊？你是如何估计的？为什么我变得这么能吃？啊？想想看，九个包子！一顿！就像填坑！关小鸡！蜘蛛下蛋！"王厂长惊叹着，担忧地注视着日益胀大起来的肚皮。

一天早上醒过来，全黄泥街的人都记起梦见了一个八条腿的老头。老头全身都是甲壳，肚子是绿的。他像螃蟹一样爬到街当中，撑开八条细腿，哗啦哗啦地屙下一大摊屎。全街的人怎么都做了这同一个梦呢？大家想不出这其中的缘由。

"这天呀，困死啦！"他们在门槛上坐下，心绪很坏，阴沉沉地盯着街上，"五只乌鸦从清水塘底浮上来啦。"

"近来我对垃圾站的问题失去信心啦。"是齐婆轻轻地说，"真是空虚呀，我对这地方的风气一点也看不惯。有人在家中饲养毒蛇呢，你们注意到这个问题没有呀？我这人有一个最大的弱点，就是正义感太强。昨天我一时意志消沉，就想撒手不管啦。"

"你翻得满屋子灰，是不是有意要憋死我？"齐二狗在黑暗中说，"这种没日没夜的倒腾，不正是一种置人于死地的手段吗？"

女人在床底下弄得嘭嘭直响。"有只老鼠在床底下生了一窝崽子，我想要斩草除根。"她闷声闷气地回答。床底下又冷又潮，她循着吱吱的声音用手摸索着，胆战心惊地探过去，突然觉得指头又麻又辣。

"这就像睡在坟墓里。"男人又说："原来我已经死了呀，这我倒没想到。"

"同志们，"老郁指着窗外苍白的、影子似的小圆说，"今年的太阳，怎么成了这个样子啦？这不是又大又红吗？真是又大、又红，又大……城市绿化是哪一年的事啊？"他的声音逐渐低了下去，成了耳语，"这世界在突飞猛进……"屋梁嚓嚓大响，老郁的脸上变了色，"该死的水泥瓦，有没有必要躲一躲？"

区长从街上走过，街边躺着两个磺胺中毒患者，他们正在比赛谁的唾沫吐得最高。要是唾沫刚好吐在自己脸上，他们就大惊小怪地尖叫，打滚，把脸上弄得墨黑。

"我们上过一回当了。"他们看见了区长，突然安静下来，"磺胺要了我们的命。"

"你们是谁？"区长在他们中毒的躯体上嗅了嗅，嗅出一股什锦酸菜的甜味儿。

"磺胺眼药水是一种细菌武器。"他们奇怪区长怎么会不重视这一点。

苍白的小圆就要消失在王四麻的屋顶后面。

那时蜘蛛不结网，蜘蛛也要做梦啦。

刘铁锤眨着没有睫毛的烂红眼，瓮声瓮气地问："今天是几月几号？我睡了多久啦？"

"我闻见一股味儿，恐怕河里又漂来什么了。"老婆说，用一根火柴棍儿剔着牙，边剔边吐。

剃头的暴眼割下一只雄鸡的头，鸡身在他手里扑腾，弄得满地鲜血。

青色的云像一张张凝结了的鬼脸。

王厂长一躺下就看见天花板缝里露出的鼻子。每次跳起来，用铁棍一捅，鼻子又没了。气喘吁吁地刚一躺下，又出现了，鼻尖长着疱，一翘一翘的，扮出各种怪样子。

"你干吗老是捅呀捅的？"女人尖酸地说，"每响一下我就吓一跳，我看你的病并没见得好。这个冬天死了两个癌病人了。他们说癌是好不了的。"

"这世界在突飞猛进……"老郁提高了的嗓音从窗眼里透进来。

"我查出来了，"朱干事说，"那小偷原来是风。我在房里蹲了一整夜，头痛得就像剪子在里面剪，这种杀人的风要刮到好久去呀？"

区长提着长长的睡裤，用一面长满黑斑的镜子照照左边，又照照右边，大声嚷嚷起来："这只耳朵已经黑了！啊，看这上面的绿点子……事情怎么会弄到这一步的？嗨，糟得不能再糟了，就像一株烂白菜！听说是无名肿毒，啧啧，无名……这种地方呀，脏得就像——你该把厕所的卫生再抓一抓。喂，我昨天跟你磋商过的那些大问题你考虑成熟没有？应该在心里有本账。有的同志被胜利冲昏了头脑。老革命根据地的传统还要不要呀？嗯？你有什么想法？"

"嘘！"朱干事跳起来做了一个手势，阴沉着脸把耳朵贴到门缝上，"又是这该死的风……"他沮丧地摇了摇头，"我脚上长了一只蓝色的鸡眼，我修断两只刀片啦，和石头一样硬。"

"把妇女关进笼子的事调查得怎么样啦？"区长边揉耳朵边

警惕地看着窗外。

"我正在组织一个群众性的调查运动。有人揭发给关进笼子的其实是死了的胡三老头——究竟是怎么回事？总之，黄泥街的问题要完全澄清是不可能的，我正在考虑这是不是该纳入道德教育范畴。从前有一回……我已经特别强调过要大讲特讲老革命根据地的优良传统。"

在朽败的茅草上，无名的小紫红花闪着黯淡的冷光。

鬼火悠悠荡荡，像许多眼睛浮在空中。

冻得麻木了的蚊虫撞撞跌跌地沿着窗棂飞上飞下。

有一个噩梦，如一件黑色的大氅，在黯淡的星光下游行。

什么人用一把锈烂的铁铲在垃圾堆里铲来铲去，发出刺耳的噪声。

火葬场带咸味的烟灰落了下来。

一个影子闪进没有灯的公共厕所，传来尿溅在木板上面的响声。

"老是梦见金龟子，老是梦见金龟子……"宋婆坐在被子里抱怨。被子上有幼鼠爬过。"一身痛死啦！S机械厂为什么不吼啦？啊？那是哪一年的事啦？"

胡三老头在街角的暗处眯细了眼，轻轻地述说："从前有一个时候，太阳像火一样。到处是臭鱼烂虾，蛆从床底下长出来。太阳底下所有的东西都在流出油、冒出泡来。我们总在太阳里面睡，棉衣总不脱，晒着晒着身上就冒出了汗，暖烘烘的……你们猜一猜，那是哪一年的事？"

齐二狗女人像螃蟹一样在屋里爬来爬去，搜集着所有的破布、烂鞋，去堵墙上的那条缝（那条缝现在可以钻进一条狗了）。她不断地撞倒东西，沉重地摔在地上，咬着牙哼哼。黎明的时候，她的衣裳全被汗湿透了。后来她靠着墙角睡着了，梦见一只蝙蝠要来咬她的脖子。"到处都是这种蝙蝠！"她在梦中嚷出声来，"都是从哪里长出来的呀？"

"王四麻回来了。"杨三癫子打了一个哈欠，仔细倾听街上的脚步声。

一个噩梦在黯淡的星光下转悠，黑的，虚空的大氅。

空中传来咀嚼骨头的响声。

猫头鹰蓦地一叫，惊心动魄。

焚尸炉里的烟灰像雨一样落下来。

死鼠和死蝙蝠正在地面上腐烂。

苍白的、影子似的小圆又将升起——在烂雨伞般的小屋顶的上空。

那小孩的脸像蛇皮一样满是鳞片。他伸出手来，手上也长满了鳞片。在手背正中还有一个暗红色的溃疡。

"癌病人死得真多，像被毒死的老鼠一样倒下来。"他告诉我，眨了眨溃烂红肿的眼皮，聚精会神地啐出牙间的灰土。

"没有那么一条街。"他最后说，声音空洞而乏味。

我离开铁门，一只蝙蝠的尸体噗的一声掉在我的脚下。铁门早已朽坏，我闻见了火葬场的油烟味。

我向前走，我的脚印印在尘埃上，狭长的、湿润的一行，像是无意的，又像是故意的。

我的背上正在流出油来。燥热的气浪卷着大群蚊子猛扑过来，阴沟里的水鼓出很大的气泡。我伸手去摸头发，头发发出枯燥的响声，毕毕剥剥的，像要燃起来。

　　我曾去找黄泥街，找的时间真漫长——好像有几个世纪。梦的碎片儿落在我的脚边——那梦已经死去很久了。

　　夕阳，蝙蝠，金龟子，酢浆草。老屋顶遥远而异样。夕阳照耀，这世界又亲切又温柔。苍白的树尖冒着青烟，烟味儿真古怪。在远处，弥漫着烟云般的尘埃，尘埃裹着焰火似的小蓝花，小蓝花隐隐约约地跳跃。